わたしの脇役人生

沢村貞子

筑摩書房

わたしの脇役人生

目次

わたしの脇役人生

年賀状・心のふれあい

元日の朝——どこの家もシンと静まり返っている。

雨戸の隙間から洩れる陽《ひ》の色が、暖かそう。

ゆっくり床を離れて、髪を結う。いつもより念入りに、ちょっと前髪をふくらませ、粉白粉《こなおしろい》をかるくはたき、口紅も気持だけ……すこし派手めだけれど好きな着物に色どりよく帯を結ぶと、なんとなく改まった気持になる。

「今年も、よろしくお願いします」

「ああ、こちらもよろしく頼みますよ」

老夫婦の年頭の挨拶はそれでおしまい。

お屠蘇《とそ》がわりの白葡萄酒を朱塗の盃でひと口。お雑煮を祝い、おせちの重詰にかるく箸をつけたあとは——炬燵に膝をいれて、みなさまからの賀状を読む。今年もこんなに沢山……一枚一枚、丁寧にめくってゆくのは、お正月の楽しみの一つである。

「謹賀新年」「賀正」「迎春」など、とりどりの文字や干支を刷ったハガキの肩に、なにやかや、一言、自筆で書き添えてあるのは、ひとしお嬉しい。

福寿草の絵ハガキに、

「暮のテレビ拝見しました。今年もどうぞお元気で……」

小さい上手な字はA子さん。四十年も昔、同じ撮影所で働いたことのある女優仲間。色の白い綺麗な人だったけれど——おとなしすぎて、目立たなかった。

「私、来月結婚するの。とっても真面目で堅いおつとめの人だから、私もお仕事やめることにしたの」

あのときの嬉しそうな顔……とりわけ親しいわけでもない私にまで、つい、打ち明けるほど、しあわせそうだった。

その結婚が失敗だったという噂をきいたのは、それから一年もたたないうちである。彼女とその母親が信じきっていた相手は、相当な結婚詐欺師だったらしく、亡父が残してくれた家まで、売られてしまったという。

(あの優しい人が……これから先、どうやって生きてゆくだろうか)

しばらくは、彼女の話がでるたびに胸が痛んだが――やがて自分のことに取りまぎれ、忘れるともなく忘れてしまった。

思いがけず、A子さんから賀状が届いたのは、五年前だった。

「おぼえていて下さるでしょうか。テレビを拝見して懐しく……私はもう、すっかりおばあちゃんです」

紅梅の絵ハガキに、細いしっかりした字で、それだけ書いてあった。

(元気だったのね、あのなよなよと頼りなさそうに見えた人が……)冷たい世間の風の中で、シャンと背をのばして生きていたのだった。私より若かったけれど――それでももう古稀はいくつか過ぎているはず……。

折り返し出した私の賀状には、

「お元気で何よりです。あなたのきれいな若いお顔は、私の記憶の中でちっとも齢《とし》をとっていません」

以来、毎年、花の絵の賀状が来る。

お互いの家の距離は一時間ほどのようだけれど、私は、A子さんの結婚がどういうことだったのか、それからどうして、今、どんな暮らしをしているのか――知りたいとは思わない。彼女も話すつもりはないらしい。それでいい、と思っている。逢って抱きあって、それぞれの苦労話に涙を流したとしても、それでどうなるだろうか――別々の四十年の人生をすみずみまでわかりあえる筈もなく、話すほどしらけてきて……やがては折角つながった二人の間の細い糸が、プツンと切れてしまうかも知れない。知らないことは知らないまま、一年に一度のたよりの中で、ソッといたわりあっている方が……いいような気がする。

私のように長く生きていると、なんとなく知り合う人が多くなって、小さい名刺箱はすぐいっぱいになる。齢をとって新しい人に逢うのは、身のまわりにさわやかな風が吹くようで、とても楽しい。ただ――私の時間は、もうそんなには――ない。あの人とも、この人とももっと深くつきあいたいと思うけれど、それだけの暇がない。残りの日々をせめて悔いのないように、丁寧に生きるためには――つきあいの輪をこれ以上拡げられない。毎年、お正月の一言だけで、互いの想い出を心の中に、いつまでもソッと残しておきたい。

演出家のBさんの賀状には、

「あれからもう二十五年になりました。銀婚式です」

と書いてある。私が新進気鋭のBさんの時代劇映画に出演してからもう、そんなにたったのかしら。あれからすぐ結婚なさったというから、あの映画はご夫婦にとって、いい想い出だろう。私も好きな作品だった。それ以後、ご縁がなくておめにかかれないが、毎年下さる賀状がいろんなことを思い出させてくれる。

あの時は丁度、つけまつげの流行《はや》りはじめで、撮影所中の役者たちが、何とかしてそれを手に入れようと、大騒ぎだった。

Bさんが新しい演出に胸をふくらませているような顔ではいって来た初日のセット。その江戸の長屋の入り口にズラリと並んで新監督を迎えた若いスターたち——あのときのBさんの呆気にとられた表情を私はいまだにおぼえている。大工に左官、魚や、お針子役の私の息子や娘たち、おなかをへらして、わが家へ盗みにはいるコソ泥まで、いっせいに、つけまつげをさも得意そうにつけていたから……。その頃のまつげは太くて長くて真黒で——まるで目の前にすだれをさげているようだった。

年賀ハガキの隅に、馴れない字を書いているのは、むかし、長いこと家の手伝いをしてくれたC子さん。

「主人もすこしいいです。だんな様も奥さんも元気でいて下さい」

つれあいの病気のために二人で郷里へ帰ったけれど、何とか頑張っているらしい。字を書くのだけはご免だ、と今まで手紙をよこしたことがないのに……とても嬉しい。

くり返しくり返し、賀状を眺めている手許を——来合せた若いお嬢さんが

のぞきこんで、

「なんだかずいぶん楽しそう……年賀状なんてバカバカしくて、私、いっぺんも書いたことないわ。お屠蘇におせちに年賀ハガキ――おばさんはそんな形式主義、嫌いだと思っていたのに……なんだか、がっかり……」

呆れたようにきれいな唇をとがらせた。小さいときから、頭のいい理屈やさんだった。

「でもね、一年に一度のお正月だし……」

「ホラまた――うちの母もすぐそう言うのよ、一年に一度のお正月が、どうしてそんなにおめでたいんですか。それこそ、形式じゃないの……」

たしかに――会社で年輩の人たちにコンピューターの扱い方を教えているという彼女にとって、お正月というのは、一つの形式にすぎないのかも知れない。一月一日というのは、カレンダーの一番初めの数字というだけでしょ、としきりに言う。

「クリスマスの方がまだましよ、国際的だから……ま、お正月って、お年寄りのお祭というところかしらね。母にそう言ったら、怒られちゃった」

帰りしなに、チョイと首をすくめて舌を出すところは、やっぱり、可愛い娘さんだけれど……。

ほんとに——いまの若い人達がお正月に特別の意味も期待も感じないのは当り前かも知れない。祭日、連休、ふりかえ休日と、休みが多いし、街の中、あちこちの繁華街は年中のぼせあがるように賑やかだし——遊ぶ場所に不自由はしない。昔とは違う。

でも——私のような年寄りにとっては、やっぱり、お正月の意味は深い。ただのお祭というよりも、生きてゆく上の、大切な折り目、切り目である。今日から明日、あさって、しあさってと時の流れの中をただ夢中で歩きつづけてきたものが——ああ、もう一年すぎたのか、と立止ってホッと一息つく……大切なお休み所というところだろうか。

暮の煤払いは、その年、三百六十五日の間に自然に溜ったホコリを払う日。汚れは家の中だけではなく——心の中にまでベットリ貼りついて、払っても拭いても容易に落ちないことがある。例えば——人と人とのつきあいの中で、つい、迷惑をかけたり、かけられたり——お互いに、もうあのことはいい加減に忘れたい、と思っているのに、どうも、割り切れない……お正月はそんな人間同士のこだわりを水に流すキッカケになってくれる。

ちょっと改まった格好で、当の相手の家の高い敷居をパッとまたいで、

「エエ、あけましておめでとうございます——昨年中はまことにどうも、何ともおはずかしい次第で……」

と、頭をさげれば、向うも、

「イヤイヤ、ま、おめでとう。こちらもまったく年甲斐もない。今年は一つ、お互いに仲よくやってゆきましょうや」

ということになる。もてあましたこだわりをとかすには丁度いいとき——お正月をむやみに目出たがるのは……昔の人の生活の知恵のような気がする。

私の子供の頃、大晦日の芝居の立見席には、ソッと袖口で顔をかくしている客が何人もいた、とよく父が笑っていた。今宵一夜——なんとか借金取り

から身をかくしたい人達である。除夜の鐘さえ鳴ればもう、こっちのもの。それから先は、道でバッタリ酒屋のおやじに逢ったとしても、大きな声で、「ヤ、これはどうも、あけましておめでとうございます、今年もひとつ、よろしくおねがいいたします」

とペコリと頭をさげれば、向うも、

「ま、あけましておめでとう」

そのあとは小さい声で、

「逃げ脚の速い人だね、まったく——次の節季には払って下さいよ」

と苦笑して……行ってしまう。下町のことだから、借りているのは、家賃か酒屋、米屋の小払いだとしても、正月には決して催促しない、というしきたりは、まことにのんびりした粋な話。当今のサラ金では——とても。

一年に一度、賀状のかわりに、わが家まで顔を見せに来てくれる人たちがいる。

二十何年か前——夫と一緒に映画雑誌の編集をしていた当時の青年三人

……いまはもう、髪に白いものが見え、それぞれの世界で好きな仕事をしているが——正月松の内に揃ってわが家を訪れるようになってから、もう、七、八年になるだろうか。

手作りのおせち料理のほか、なんのご馳走をするわけでもなく、お酒もみんな、ほとんど飲まない。世間話をしながらの麻雀もほんのお慰み程度。それなのに、それぞれ、ゆったりと楽しそうだからおかしい。夜が更ければ、

「ではまた——来年」

と、散ってゆく。その三人も、それきり、次の年まで逢うこともないという。

お互いの暮らしの中に、むやみに脚をふみいれようともしないし、求めあおうともしない。こんなつきあいがふえれば、世の中、もっと楽しくなるかも知れない。

血のつながった親子兄弟でも、いつも一緒に暮らすのはむずかしい。生れつきの性格や好みの違い、年齢による考え方もそれぞれである。まして今の

世の中は、日、一日とめまぐるしく変ってゆくのだから……。

成人式をついこの間すました青年が、

「いまの若い子の気持はサッパリわかりませんね」

などと眉をしかめる――私から見れば、その青年はまるで宇宙人で、何を言っているのか、サッパリわからないのに……。

老人の独り住居《ずまい》は寂しい。何とか家族と暮らしたいと願うのは当り前である。けれど、もし運よく同居出来ることになったら、まず、孤独に耐える覚悟をしなければならない。若い人たちの華やかさについ、ひかれて、一日中まつわりついて、

「何をしているの」「どこへ行くの」「そんなことをしてはだめ、筋がとおらないよ」

などと言ってはいけない。ときどき一緒に食事をし、たまに皆でおしゃべりをする――あとは若い人たちの元気な姿をすこし離れて眺められれば、それで結構。一日のほとんどは独りを楽しむようにしないと……間もなく、誰

にも相手にされなくなる。家族同居の中の疎外は、独り住居の寂しさよりずっと辛いに違いない。

人間は、自分で自分をうまくあやしてゆかないと、上手に生きられない。どんなことがあっても離れまい、と固く結びあっている夫婦でも、ときにはソッと手をゆるめ、相手が楽に呼吸が出来るだけの心づかいをした方がいいのではないかしら……永く添いとげるには。

向いあって賀状を見ていた夫が、明るい声をあげた。

「ホラ、これ見てごらん、D君が絵をかいてきたよ」

ホント――どうやら水仙らしいもののそばに、例の踊るような字で、

「六十の絵習いです」

敏腕の社会部記者だったDさんが、身体《からだ》をこわして郷里へ帰ったのは数年前である。それっきり音沙汰がなかったけれど、この字の様子では、どうやら元気になったらしい……よかったこと。

何時《いつ》、何が起ってもおかしくないような――なんとなく不安なこの地球の

上で……縁あって同じ時期に生れ、顔をあわせた人たち――どうぞこの一年、無事に過せますように。

「このお茶、うまいね」

夫はおだやかな顔をしている。

たっぷりの上茶に、ほどよい湯加減――元旦の緑茶は……ほろ苦く、甘い。

おまけで生きた七十年

あのときの私は……たしか小学校へあがったばかりだったから、数え八つだったと思う。母は縁側に坐ってセッセと弟の徳ちゃんの着物を縫っていた。その背中を——いきなり両手でピシャピシャ叩きながら半ベソでわめいたものだった。

「父さんはあんちゃん、母さんは徳ちゃん、あたしは——おまけ……」

なぜそうしたのか忘れたけれど、その一カットだけは妙にハッキリ覚えている。あんな甘ったれ声を出したのは初めてだった。

それまでの私は、とにかくいい子だった。もの心つくとすぐ、竹箒《たけぼうき》で表の道を掃いていたし、鉄のお釜にのしかかるようにしてお米を磨《と》いでいた。東京の下町・浅草の芝居ものの娘はそうやって母の手助けをしなければならないことを、子供心にわきまえていた。

私の父の悲願は歌舞伎役者になることだったが、親類たちに反対され、仕方なく、狂言作者になった。それなら自分の子供はみんな役者にすると決心して、そのために結婚したのだという。

ほっそりと色白の私の兄は数え七つで舞台に立たされ、父はただもう眼を細めて見惚《みと》れていた。末っ子の弟の初舞台は数え五つ——今度は母がその世話に夢中だった。

歌舞伎役者はみんな男だったから、女の子の私は子供の中のおまけだった。あきらめてはいたものの、兄や弟の世話をするときだけ思い出されるのは、やっぱり寂しかったのだろう。

それでも——駄々をこねたのは、あとにも先にもそのときだけで、二年生になってからは毎日、学校から帰るとすぐ、近くの弟の出ている芝居小屋へ飛んでいった。母に代って、付き人役をするためである。

歯切れのいい台詞《せりふ》と大人顔負けの舞台度胸で名子役と評判になったものの、

まだ遊びたい盛りの弟は、ともすると出場《でば》を忘れる。三つ違いの小さい付き人はうっかりしてはいられない。上手《かみて》や下手《しもて》、揚げ幕のかげから舞台をのぞき、耳をすまし、キッカケをつかんで弟を押し出すのが、姉の私の大切な役目である。その役をかれこれ三年あまりもつとめたものだった。

小芝居《こしばい》とは言え、下町では一、二を争う劇場だった。人気役者が互いに芸を競いあって舞台はいつも燃えていたし、それぞれのひいきにおくる見物の拍手とかけ声で、小屋中が沸きかえっていた。その大入りの客たちを、幼い声を張りあげて泣いたり笑わせたりする弟はいっぱしのスターだったが、そのうしろに付き添う私は、ここでもやっぱりおまけだった。けれど、それも、馴れるとだんだん面白くなった。どこもかしこものぼせたようにざわめいている楽屋裏で、おまけの小娘を気にする人は誰もいない。弟の衿おしろいを塗ったり足の裏を拭いたりしながら、まわりの大人たちのあけっぴろげの話を黙ってきいていた。役者さんたちはみんないい人だけれど、すぐ怒ったり泣いたりした。ふざけるのも笑うのもなんとなくけたたましくておかしかった。暗い幕だまりから明るい舞台をそっとのぞいていると、ふだんは傍にもよれない偉い役者さんたちのいろんな素顔がみえてきた。

　ある日、金ピカの御殿の場で、下手にしとやかに坐っている腰元役は、その頃人気絶頂の若女形《わかおやま》——輝くように美しいけれど、なんとなくツンとすまして見えるのは、のぼせ上っていい気になっている、などという、楽屋雀《すずめ》の評判をきいていたせいか——大向うから、ひっきりなしに声がかかっていた。

　その人気を無視するように、上手にスックと立っているお局《つぼね》役は立女形《たておやま》……さすがに堂々と貫禄充分だけれど、すこしあせっているようで、無理にのばした背筋と、真白に塗った首筋の深い皺が痛ましい。幕のかげで出を待っていた古い脇役さんがつぶやいた。

「親方も老《ふ》けたナ、花が枯れてきた」

　主役は花がなければつとまらない、ということは私の父もよく言っていた。その役者が舞台にあらわれるだけで、パーッとまわりが明るくなり、その一つ一つの表情、しぐさに客が思わずどよめくような華やかさ——それを花というらしい。

「芸の力とはまた別もんで、その人間の、もって生れた魅力というか――真似ようたって真似られないのさ――若いうちだがね」

花の枯れた親方は、それから間もなく舞台から消えた。自分の得意の出しものを、若手にやらせせようとした劇場主と、はげしく言い争ったあげくだという噂だった。

「いい人だったがねえ、何てったたって齢《とし》さ、舞台につやがなくなったよ」

楽屋番のおじさんも溜息をついていた。

その親方が、夜更けにわが家を訪ねてきたのは、それから二年ほどしてからだった。父はその頃、興行の仕事で忙しかった。

「……すまないけど、何とかしておくれでないかねえ――いいえ、舞台がないと、どうも退屈でさ……女房ったら、あたしのことを貧乏性だって言うんだよ、ホントにそうかも知れないねホホホ……」

縞のお召《めし》に縫紋《ぬいもん》の焦げ茶の羽織――その袖口をちょっと口元にあてて笑う

しぐさは以前とかわらないけれど——花はもう、どこにも残っていなかった。

「じゃ、たのみますよ……ドサでもいいよ、いいえ、ドサまわりもいっそ面白いよ、ホントに、たよりにしてるからね」

親方を送り出したあと父は長火鉢の前で腕を組み、母と顔見合せて溜息をついていた。

「よっぽど金につまってるらしいな。何とかしたいけれど——今更、脇がつとまるとは思えないし……主役が老けるとつぶしがきかないよ、昔の人気が夢みたいだ……」

　ホントに……ついこの間まで明るいライトに照らされて、割れるような拍手を浴び、ニッコリ笑っていた人が——ただ、齢をとったというだけで、こんなことになるなんて……。その晩、床の中で親方のやせたうしろ姿を思い出し、子供心に悲しかった。華やかさと哀れさが背中合せの役者稼業……。

(女の子でよかった、役者にされなかったもの——あんな商売、絶対いや……)

そのときは、ほんとにそう思った。それなのに十年後、その役者になってしまったのだから——人間というのはかなりいい加減なものだと、自分で呆れる。

「女が学問なんかすると嫁にゆけないよ」

そう言って苦い顔をする父を口説き落として女学校から女子大へいった頃は、なぜか女教師になると決めていた。ちょっとしたことでその夢が破れたあとは、乙女心のたよりなさ……新劇運動にとびこんだり、治安維持法にふれ、あげくの果に挫折して——とうとう、京都に住む兄の手引きで映画女優になってしまった。昭和九年——芝居ものの娘の自立の道は、まことに安易なものだった。

時代劇スターになっていた兄は、不肖の妹のために何やかや力をかしてくれたけれど……職業として女優を選んだだけの私は、最初から夢も希望ももっていなかった。役者としての才能もスターとしての花ももっていないことは自分でよく知っていた。齢をとっても、何とかひとりで食べてゆけるために……脇役になりたい、と望んでいた。

結局、時代劇の武家娘のキャメラテストに失敗して、百円貰えそうだった月給が、六十円になったけれど、私は別にがっかりしなかった。当時の女学校教師の初任給と同額だったし、その方が気が楽だった。それより、自分に向かない仕事につくのだから、他人の五倍は努力しよう、それでないと月給泥棒になってしまうから……そう心の中で決めた。

兄の心づかいが肩に重くて、間もなく東京の現代劇部へ移して貰ったが、撮影所側から与えられた役は——女学生、令嬢、酌婦《しゃくふ》、妾、女教師、芸妓《げいぎ》など文字どおりなんでもやだった。丁度、無声映画からトーキーに切りかわる混乱期で、標準語が無難につかえる、というだけで、私はむやみに忙しかった。

二本だて映画の前座——添えものの主役を何本かやらせられたあと、とうとう、製作部長に、脇役をさせて戴きたいと申し出ると、大声で怒鳴られた。

「お前は役者の家に生れたくせに、主役がいやだとは何ごとだ。脇にまわって、ちょっと出て、楽に食ってゆこうなんて——恥ずかしいとは思わんのか……」

芝居ものの家に育ったからこそ、この世界のきびしさや自分の無力さを知っているのに——わかってくれなかった。

脇役はむずかしい。華麗な花のスターの動きに従って、うしろや横からほどよく枝を出したり葉を茂らせたり、目立たないように散っていったり……そんな芸が簡単に身につくはずはないけれど、いまからすこしずつ覚えてゆきたい——そう思っていたのだけれど……。

怒られても笑われても、脇役志願をつづけるうちにどうやらそこへ定着した。添えもの映画の主役の出来がパッとしないせいもあったと思う。

ある日、撮影所の食堂で、キャメラマンに手招きされた。巨匠とばかり組んでいる人で、私など口をきいたこともなかったのに……。

「映画スターというのはね、あちこち動くんだから、どこからみても美しい顔をしていなければいけないんだ、ホラ、長谷川一夫さんや田中絹代さんみたいにね。正面が百点満点でも、左横顔が九十点、右横顔が八十点というのはだめ。同じ二百七十点なら、正面も右も左もすべて九十点の方が、まだましさ」

それだけ言ってスーッと行ってしまった。

家へ帰って、鏡台の前へ坐り、手鏡をとって、つくづく自分の顔を眺めた。正面は——まあ、色の白いが七難かくして、どうやら七十点はつけられるが、おでこだし、鼻の先がちょっと垂れているから、横顔は左右とも五十点というところか……なるほど、お金をとって見せられるような顔ではない。つまり、私の脇役志望は、その意味でも正論だということを、あのうるさ型のキャメラマン先生が認めてくれたということかしら、とひとりニヤニヤ笑ってしまった。

それからもう、五十年あまりになる。めまぐるしく移り変る芸能界で、決して上へあがらず、と言ってひどく落ちもせず……宙に浮く格好で、なんとか真中ごろにぶら下っているとは我ながら呆れる——よくやるよ。

七、八年前だったか、昔の大スターがテレビ局の私の個室をそっとのぞいた。

「この間から、あなたに逢ったら是非おすすめしようと思っていたの。だまされたと思って、この薬をおでこに貼って寝てごらんなさい。眼の下でも首すじでも……ふしぎに皺がなくなるの――ホントよ」

薄い紙包みを私の掌にのせながらやさしくウインクする顔は、成程、今も色っぽい。

有り難くいただいたその妙薬は、その晩、わが家の鏡台の引き出しにしまったが――いつの間にか紛失してしまった。せっかくのご好意は嬉しいけれど、彼女と私では大体、顔の造作が違う。残《のこ》んの色香はあの人にこそ大切だけれど、私にとっては無用の長物。いまや、皺は老脇役女優の商売道具――一本いくら、と申し上げたいくらいのもの。高齢化社会のおかげで老女役の数も多い。鈍りがちの記憶力をふるいたたせて台詞をおぼえ、開始時間はキチンと守って、車が混んで……などという言い訳をしないで――若い人たちのすることがまだるこしくてもじっと我慢して、いや味など言わないようにすれば――もうしばらくは脇をつとめることが出来るかも知れない。そうしたい、と思ってはいるけれど。

もし、役者を廃業することになっても、私の脇役人生はやっぱりこのまま続くだろう――生命《いのち》あるうちは……。

毎日の暮らしの中でも、ちょっと一足だけ、うしろに下がっているのが、私のような下町女の癖である。これは多分、自分をよくみつめ、自分の力を買いかぶらないせいで――従って、大げさなお世辞にのせられることもないけれど――むやみにおだてられたりすると、つい、照れて、しらけて、プンと横を向いたりするところは――可愛げがなさすぎる、とときどき反省している。

なにしろ昔は、何かにつけて「女のくせに」と言われたし、ことに私はおまけ育ちだから、どうしても人のうしろにいる方が落ちつく。そこに坐りこんでいると、眼の前の光の中で浮き浮きとはしゃいでいる人たちの心の中がとてもよく見えて、面白い。

フン、いい気になって……などと意地悪な笑いに口をゆがめているうちに、フト、

（ところで私はどう思っているかしら）

と急に気になって、あるとき、その光をチョット借りて、わが心の中をのぞきこんだら——何ということか、私も相当はしたなく見苦しいことがよくわかった。以来、恥というものを知り、おかげで今日まで生きてこられた。

「いいことは自分のせい、わるいことは他人のせい」

などと甘ったれていたら、とても人間らしくは生きられない。性格や境遇、考え方も感じ方もそれぞれ違う人たちがひしめきあっている世の中である。自分にとって少々ぐらいいやなことは、黙って我慢しなければ、なかなか平和に暮らせない。ただこれだけは、どうしてもいやだと思うことは、しないようにしなければ……決して、しないように……。

残りの人生をそんなふうに生きてゆくためには——目立ちたがらず、賞め

られたがらず、齢にさからわず、無理をしないで、昨日のことは忘れ、明日のことは心配しないで——今日一日を丁寧に——肩の力を抜いて、気楽にのんきに暮らしてゆこう。

私の脇役人生はこんなところだと思うけれど——もし、呆《ぼ》けて調子が狂って、みなさまにご迷惑をかけたら——お許し下さい。

気どりのない暮らし

私の好きな歌手――独特のうなり節で日本中のファンをしびれさせていた歌謡界の大スターが、突然、

「さようなら、さようなら……」

と、手を振って、引退してしまった。

二十年の間に出されたシングル・レコード九十二枚。年間、数十億の売り上げと言われている。まだ――三十六歳。

彼女が溢れる涙を押えながら、いま、あえて華やかな舞台から身をひいた理由を、私はよく知らない。ただ、ハッキリ口にしたのは、

「普通のおばさんになりたい」

その一言ときいている。

そう言えば、何年か前——可愛い容姿と甘い歌声で若い人たちを熱狂させたアイドル歌手のグループが、ある日、流れ星のように消えていったが、そのときの別れの言葉も、

「普通の女の子に戻りたい」

ということだったらしい。

芸能界に憧れる何万何十万の人たちが、何としてものぼりつめたい、と願っているのがスターの座である。その一方、努力と運でやっと手に入れたその栄光の椅子を、自分からかなぐり捨てて去ってゆく人もいる。私の長い俳優生活の間には、結婚を機にやめた人、黙って姿を消した人……やめたくてもやめられず、悩んでいたスターも何人かいた。そして、その人たちの望みはいつも——普通の暮らしがしたい、ということだった。

国語辞典によれば、普通とは、

㈠どこにでも（いつでも）あって、めずらしくないこと　㈡ほかと比べて特別に変らないこと。

と書いてある。たしかに、そういう平凡な暮らしの中に身を置けば、誰しも気が休まってホッとすることだろう。最近、辞任された日本銀行の前総裁も、

「普通のおじさん、イヤおじんになりたい」

と冗談めかして言っておられるのをテレビで見たが、ヤレヤレという本音がチラリと出たのだろうか。特別席というのはどこの世界でも、気が重いとみえる。

選ばれた人たちが、おかしいほど憧れる普通の暮らし……その言葉をきく度に、私は自分の育った東京の下町、浅草を思い出す。そこにはフンワリと暖かくて肩の張らない生活がたしかにあった、ごく平凡な毎日が……。

狭い路地の両側に同じような造りの家が、庇《ひさし》を重ねるように並んでいた。広くはないが、家族はみんな、手足をのばして眠っていた。格別、凝った家具や洒落《しや》れた襖、蒲団がある訳ではなかったけれど、朝晩の掃除が隅までゆきとどき、こざっぱりして気持がよかった。みんな世話好きだけれど、お互

いに他人の暮らしに首を突っこまないから――余計な神経をつかうこともなかった。

古い木造家屋のあちこちが痛んで、引っ越さなければならない時でも――無理をして、もう少し立派な家へ……などとは決して思わない。わが家の収入をよく考えて、それに見合ったホドホドのところを探す。大それた夢に浮かされれば、借金の重さに押されて転んで、果ては、とんでもない大怪我をする、ということを、この人たちはよく知っていた。見栄や気取りで眼が曇っていないから、世間のことがよく見えたのだろう。

親たちのうしろ姿――少々格好は悪いけれどセッセと働くのを見て育つから、子供たちもめったにグレなかった。欲しいものを買ってくれないから……などと甘ったれて不貞腐れれば、子供仲間の笑いものになる。ガキ大将も、弱い子はチャンとかばってやった。

「この子、頭がいいんだからなぐるなよ、宿題、教えてもらえなくなるぞ」

子供心にも、もちつ、もたれつの庶民の暮らし方を心得ていた。学校の成績がどうであろうと、親は知らん顔をしているから、落ちこぼれなどと軽蔑されるものもいない。だから皆のんびりしていて、友だちをいじめたり、足を引っ張ったりするようなみみっちいことはしない。安物のズボンをはいた子も、上等のセーターを着た子もワイワイガヤガヤ――学校から帰れば鞄を放り出して遊び呆け――底ぬけに明るく、たくましかった。

横丁の人たちは、大体、着るものにあんまりこだわらなかった。汚れれば洗い、破れれば繕って、決してボロはさげなかったけれど、分不相応のものを着ようとはしなかった。

この場合の分という言葉に――職業による差別とか卑下の意味は露ほどもない。人それぞれの仕事の性質やふところ工合に応じた暮らし、ということで、無理をすれば、ろくなことはない、というわけだった。普通のおじさん、おばさんのバランス感覚は、びっくりするほど鋭かった。

近所のはねっ返り娘が、親を泣かして無理矢理買った上等の着物を着て、シャナリシャナリと町内を練り歩いたりすると、八百屋のおかみさんたちが

ジロリと見て、

「オヤマア、どこのご令嬢かと思ったよ。それ、借り着かい？　似合いもしないものを着るから、折角の器量がガタ落ちだよ」

などと、鼻で笑って、意地が悪い。

そのくせ——自分の娘が、よその結婚式によばれたりすると、

「そんな目立つものを着ていっちゃいけないよ、化粧はうすくおし、今日はとにかく、花嫁が引き立つようにしなけりゃあ……」

と他人の娘に気をつかって……優しい。それがこの人たちの、つきあい方だった。

春秋のお彼岸《ひがん》のおはぎや五目ずし、祝ごとのお赤飯を近所へ配るのも、相手を喜ばせたいからである。やったりとったりが多すぎて、少々もてあますときもあったけれど……。

おかみさんたちは、身体《からだ》だけが資本の働き手や、育ち盛りの子供たちに何とか、美味しくて栄養のあるものを食べさせようと眼を皿にして町内を走り

まわる。安い材料でも、切り方、煮方、焼き方に念をいれれば結構食べられる。ひじきと油揚げの煮物だってバカに出来ない。ひじきの洗い方、いため方——油揚げの油ぬきを忘れず、火加減、味加減に気をつければ栄養もたっぷりあると、料理の偉い先生も言っていた——五目豆にきんぴらごぼうの常備菜も絶やさない。揚げたての豚《トン》カツを食べたあとは、お茶漬一口と決まっているのから、どこの家の糠味噌も朝晩の手入れをかかさない。有名なあすこの料理屋のあれがうまいと知ってはいるが、値段を聞いただけで胃が縮まる。たった一度のご馳走代で、十日分ぐらいの肉や魚が買えるとわかっていては……足が向かない。たまに外食するときは、気のおけない小料理屋をえらび、献立表に松竹梅とあれば、ハイこれ……とすまして、梅の字を指す。松は皿小鉢からして上等に違いないが、竹と梅の違いは、お椀の吸い口に柚《ゆず》の薄切りがはいっていない、とか、食後の果物がメロンでなくて蜜柑——というくらいのことが多いからである。

昔はそういう並のお客を大切にしてくれる洒落れたお店があった。浅草の観音裏の萬盛庵《まんせいあん》という大きなおそばやさんで、船板塀に冠木門《かぶきもん》。広い庭には四季それぞれの花が咲き、つくばいに冷たい水が溢れ、どの離れも、いつもお客がいっぱいだったが、お店の人に、

「ここで一ばん美味しいおそばは？」

ときけば、すぐに、

「ハイ、ざるそばでございます」

という返事がかえってきた。天婦羅や鴨南ばん、独特の鍋焼きも評判だったけれど、その頃五銭のざるそばこそ、そば屋の看板——それを食べて下さるお客さまが一ばん大切、というのが、店の主人の信条だったという。

私の母もよく言っていた。

「並がなによりさ、人並みの暮らしが出来ればそれで結構。むやみに欲張ったって仕様がない。一升桝《ます》に一升五合ははいらないからね」

庶民ののぞみは、とにかくつつましかった。毎日セッセと働いた上で、住んで着て食べられれば、それで人並み——ありがたい仕合せだ、と暮らしの

不満はめったにきいたことがなかった。

その人並みの水準が、この頃、大分、変ったようである。住宅も衣類も食物も――もっともっと、もっと上等なものでなければ、とても人並みとは言えないわ……そんな疳高《かんだか》い声があちらからもこちらからも聞えてくる。何故だろう？ どうしたのかしら？

一応、平和な世の中に、物ばかりむやみに溢れて、その華やかさに眼がくらみ、どこまでが普通の暮らしなのか……わからなくなってしまったのかも知れない。

安心して眠れるだけなら、ただのうさぎ小屋。外国人に恥ずかしい。広くてハイカラで、みるからに美しい家に住めなければ、人間並みとは言えない、とこの間も若い奥さんが唇をかみしめていた。

もしかしたら、毎朝、新聞の間からバサッと落ちる、きれいな広告のせいかも知れない。緑の樹々に囲まれた静かな環境、うっとりするようなハイカラな居間、趣味のいい家具――宣伝ビラの精巧な印刷に飽きることなく見と

れているうちに、

（何故、私だけ、こういう処《ところ》に住めないのだろう）

とじりじりしてくる。写真の上の方にハッキリ書いてある。

「この優雅な邸宅こそ、あなたにふさわしいとお思いになりませんか？」

何故自分にふさわしいのか……などとは考えない。とにかく世の中は不公平だ、と怒りがこみあげてくる。近頃は便利な道具が沢山出来て、家事雑用が楽になったから、夢みる暇は充分にある。

「……なんとかして、このみじめな生活から逃げ出さなければ……」

愛する夫が、急に無力に見えてきて――この不幸から自分を救い出してくれるのは、子供だけ――と思いこんだりする。そのためには是が非でもいい学校へいれ、立派な教育をうけさせなければ……。その準備は出来るだけ早くからすべきである。お隣りの坊ちゃんが三歳というなら、うちは二歳から始めよう、と幼児の手をひいてあちこちの塾を走りまわったりする。

おかげで念願の小学校へはいることが出来れば、もう天にものぼる気持で、愛児にコンコンと言ってきかす――優等生であることを先生に認めて貰うためには、少々ぐらい友達の足を引っ張ることがあっても仕方がないのよ、とにかく今のうちからクラスの中でハッキリ差をつけなければ、将来、人並みの暮らしは出来ませんからね――などと賢母きどりの人がいる。差をつけた人並みというのは、一体、どういう勘定なのかしら……。

それでも、何とか大学を卒業すれば、次は就職。一流会社はどうも無理らしいので、従兄の妻の実家の父親が小さい会社の重役をしているから、すべりどめのつもりで、この頃、そのお宅とおつきあいを深めています、という涙ぐましい話を母親からきいたが、かんじんの息子さんは案外アッケラカンとしている。過保護のせいで、人並みに育つことが出来なかったのかも知れない。

警察官になった青年が、配属された署へ初出勤したが、母親が付き添っていたという。

「この子が一人前の警察官になれますように皆様のお力添えをお願い致しま

す」

上司に向ってキチンと挨拶をする母のうしろで、若い巡査は大きい身体を縮めていた。

その様子を見ていたという弁当屋のおじさんが、不安そうに私につぶやいた。

「ああいう人がお巡りさんになって、チャンと私たちを守ってくれますかねえ……」

娘や息子の結婚式となると親心はもうとめどなくふくらんでくる。近ごろのバカバカしいほど派手な披露宴は——実は、当人たちより親の希望によることが多いときいては、ただもう、溜息が出る。

一生に一度（?）の目出たい行事である。何さまでなくとも華やかにしたい気持はよくわかる。それにしても——花嫁の二度三度のお色直しと張り合うように、花婿も白い服から黒い紋付……果ては若衆に扮して、町娘姿の新婦と相合傘に身をよせ合い、ドライアイスの雲を踏んでしずしずと会場にあ

らわれるに至っては、

「何だか——悪い夢を見ていたようで」

と招待客の一人……花婿の学校の先輩が、翌日、浮かない顔をしていた。

再々の衣裳がえで、新郎新婦の席はカラッポ。しらけ気味の客席に、むやみに愛想のいい司会者の高い声だけがひびいたという。

「エーお色直しが少々手間どっておりますが、会場の時間の都合でお祝辞をはじめて戴きます。皆様のお言葉は録音いたしまして後日二人にきかせますから、ご心配なく……」

なんとも、むなしかったそうな。

披露宴に何百万のお金を投じる親たちは、おそらく、わが子の結婚を機会に、自分の社会的地位を世間に誇示したいのだろう。ホンの世間並みと言いながら——自分の世間は限りなく上流に近い中流とでも思っているらしく、本音を聞こう、とソッと近づくと、その心臓が、特別、特別と脈打っている。

特別席、特別講演——劇場は毎月、特別公演、俳優は特別出演。デパートもスーパーも年がら年中、特別大売出しをしている。特別の好きな人は——ほんとうに多い。

普通の暮らしに戻りたくて、特別席を逃げ出したみなさん……ホッと肩の力をぬいて、ゆっくりくつろげる場所がみつかりましたか？　なかなか思うようにゆかないでしょうけれど——是非さがして下さいね。

私も何とか普通のおばあちゃんの暮らしをつづけようと一生懸命です。老脇役でも女優ですから多少むずかしいこともあるけれど——でも、並の暮らしってホントに素敵ですものねえ……（そう思うのは……へそ曲りかしら？）

「運」の足音

拳闘の四回戦ボーイというのだろうか――まだ夜の明け切らない町はずれの道を、若い男がうつむいたまま、ただ走っている。どこまでも、いつまでも……。

自転車で、その横にピッタリ付き添い、ときどき、強い声で励ましている中年の男――その日のテレビドキュメントは、たった一人の愛弟子にすべてを賭けたトレーナー・Hさんの話だった。

山陽地方の静かな町のクリーニング屋さん。夫婦だけのひっそりした店で子供はいないらしい。二人とも五十を半ばすぎている。

Hさんがその家のガレージを改造してジムの看板をあげたのは二十五年前だという。自分が果せなかった夢を若者に託し、何とかチャンピオンになってくれ……と、あえて鬼トレーナーを志したが――弟子運はよくなかったようである。そんな夫をいたわるように、試合のたびに自らセコンドをつとめている奥さんの姿がほほえましい。

ある日、とうとう、希望の光がさしてきた。愛弟子が、もう一息で、西日本新人王決定戦に出場する資格がとれそうになった。もう一度だけ――最後の予選に勝てば……。

その大切な試合をひかえた愛弟子のひざをかかえこむように、ボソボソと囁いているトレーナーの低い声が、私の耳に残った。

「……いいか、運というものは、ソーッと来て、スーッと行ってしまうんだ。だから、ソーッと来たときにキュッと捉えなければだめなんだ、わかってるな」

そんな意味だった。青年は、黙ってじっと聞いていた。

そして彼は、その運をキュッと捉えた――その試合に、なんとか勝つことが出来たのだった。

「とうとうやった。決定戦に出られるんだ。今度勝ったら、お前は新人王だ……」

このジムからチャンピオンが生れる——トレーナーとセコンドの夫婦が喜びあう様子は見ていて胸が熱くなった。

翌日から、Hさんはジムをきれいに掃除して、練習に来る筈の愛弟子を待ったが……彼は現われなかった。次の日も、その次の日も——ズーッと……。

Hさんの顔はだんだん暗くなってきた。青年の実家は本屋さんらしい。鬼トレーナーとしては、そのこぢんまりした店へ押しかけて、首に縄をつけても引っぱってきたいだろうに——この人は、行かなかった。

何日かたって、彼はやっとジムにあらわれた——ボクサーをやめることを告げるために……。

Hさんはしばらく黙っていた。あんな思いで仕込んできたのに——う、うらみ、つらみが胸に溢れて、愚痴と怒りで取り乱すのではないかしら……見ていて、何だか辛くなった。

しかし、ゆっくり顔をあげたトレーナーは目の前にうなだれている青年をいたわるように、静かな声で、

「……お前の方はお前の方でいろいろ事情があるだろう、無理に引きとめることは出来ない。まあ、家業を一生懸命やれよ」

そんなことを言っただけだった。そして、ペコンと頭をさげ、何にも言わずに帰ってゆく元愛弟子を、やさしく玄関で見送った。

永い間、待ちに待った好運のうしろ足を、やっとつかんでホッとしたトタンに、また、スーッと逃げられて——どんなに情なく、どんなにかむなしいだろうに……この人は、ジタバタしなかった。見ていて溜息が出た。

このドキュメントは、最後に、高校生らしい二人の少年をうつしていた。久しぶりの入門志願者である。

「よく来た。お前たちは偉い。なんにもしようとしない子より——偉いよ。何かしようとする人間は、それだけでも感心だ」

Hさんはそんなことを言いながら、この学生服の少年たちを嬉しそうに迎

えていた。きっとまた、この二人を一生懸命仕込んで、いつか、スーッとよってくる運をつかませたい――そう思っているのだろう。

何の気なしにまわしたチャンネルだったが、この鬼トレーナーの姿は私にいろんなことを考えさせてくれた。この人は運というものがどんなものか――よく知っている。

人間は誰しも、もって生れた運がある。下町言葉で福分という。その人が何時《いつ》、何処《どこ》でどうして――幸福になるか不幸になるか、それはその人の運次第。先のことは誰にもわからない。しかし……だからと言って、ただ腕をこまぬいて、その運にふりまわされるだけでは、寂しすぎる。とにかく、したいことをさがして、一生懸命やろうじゃないか、折角生きているのだから……。Hさんはつまり、そう言っているのだった。

「私は運がわるい。ついてない。だから、何をやってもどうせ駄目なのさ」

そんな愚痴ばかり言うのはよそう。

「私は運がいい、ついている。だから、何をやったってうまくゆくのさ」

などと、いい気になってもいけない。

とにかく、自分のやりたいことをセッセとやって、あとは運にまかせてしなやかに生きているHさんを見て、私は昔のことを思い出した。

運というのはほんとに不思議なもの——つくづくそう感じたのは、終戦の前の年、東海道のある町で空襲にあったときだった。

四十人近い兄の劇団の旅公演を手伝っていた。夜の部の舞台を終えて、旅館にかえったトタンに劇《はげ》しい空襲がはじまった。宿の主人たちは素早く逃げて誰もいない。とにかく表へ飛び出したものの、なにせ初めての土地で地理がまるでわからない。

兄が私の腕をつかんで叫んだ。

「どっちへ逃げたらいいんだ、右は山、左は川らしい……」

私はとっさに、

「山——山へゆきましょう、右、右」

先に立ってかけ出した。兄も座員も、そのうしろを——とにかく夢中で、転げるように走ってきた。

結局——全員助かった。川へ逃げた土地の人たちの中には、亡《な》くなった人が多かったらしい。夜の川は月明りでキラキラ光って、機銃掃射の目印になったようだ、と翌朝、町の人が噂していた。

私はボンヤリそれをきいていた。川が光って危いなんて……知らなかった。私が、山と言ったのは、水がこわかっただけだった。金槌で、まったく泳げなかったから……。

「神さまのおかげだよ、私たちは運がいい。この調子だと、駅の荷物もきっと助かってるよ、私は毎朝、チャンと神さまにお願いしているんだから、大丈夫さ」

信心深い老優が明るい声でみんなを励ましたけれど——駅へ積み出した衣裳かつらはすっかり焼けて、当分、芝居は出来なかった。神さまも毎日の空襲でそうそう皆の願いをきいて下さるわけにもゆかなかったと思う。

浅草の私の生家の神棚には全国の神さま仏さまのお札がズラリと並んでい

た。旅興行から帰ってくる人たちのお土産だった。

極楽トンボの私の父は、毎朝、その前で景気よく柏手を打ち、勝手なことをお願いしていたが、もし、その大願が成就しなくても神仏をうらんだりはしなかった。

「なんてったって大ぜいの人間が勝手なことをお願いするんだから、忙しくって手がまわらないこともあるよ、ま、あんまり甘ったれると、神さまに嫌われるからな」

けっこうサバサバしていた。

そんな父を見ていたから、小娘の私も観音さまに無理なお願いはしなかった。

女学校にはどうしてもはいりたかったから、試験の前夜、お詣《まい》りはしたけれど――。

「すみませんが、なるべく合格させて下さいまし。今年は受験する人が多いそうですから無理かも知れないけれど――出来たらお願いします」

私には、一浪もすべりどめもなかったから、落ちたら家事の手伝いと決まっていた。

運よく神さまが覚えていて下さったとみえて、女学生になれたけれど——その翌年のお願いは、すこし、強引だった。

「父が、縮緬《ちりめん》の二枚がさねを買ってくれますように……これは是非おねがいします、どうしてもほしいんです。お願いします」

二度も三度もしつこく手を合わせた。芝居ものの父が——人形に着せた着物を衣裳屋さんから買いとってくれそうだ……と母が、そっと耳うちしてくれたからである。

そのときも、神さまはやさしく夢を叶えてくださった。ところが——私を有頂天にした着物……紫地にピンクのしだれ桜の晴れ着は次のお正月、たった一度、手に通しただけで灰になってしまった。その夏の終りに関東大震災が起きた。

(神さまに無理にお願いしたものだから、やっぱり身につかないのね)

十五娘はバラックの蒲団の中で一度だけ泣いたあと、サッパリあきらめた。考えてみると、私は生れつき運のいい方だった。住む家も食べるものも――なくなるとすぐ、なんとか見つけることが出来たし、着るものも、暑さ寒さを防げるだけのものはいつも手にはいった。おかげで日向の雑草のように、目立たないけれどイキイキと暮らすことが出来た……ぜいたくさえ望まなければ――。

ぜいたくとは――その人の身分や立場に比べて、程度をこえておごっているようす。（国語辞典）

つまり――しがない芝居ものの娘にとっては、縮緬の二枚がさねはぜいたくだけれど、お金持の娘は、何枚もっていても当り前――ということである。人それぞれ……生れや育ちの違いである。

小娘の頃、私も、きれいな着物や広い家を欲しがったこともあったけれど、（こんなしみったれた家の子に生れて、運がわるいわ）などと思ったことは一度もなかった。陽気で明るくて暖かい親たちが大好

きだったから……。冗談にも観音さまに、

「この次はもっとお金のある家の子に……」

などとお願いしたことはなかった。

「この次は、男の子にして下さい」

そう言って手を合わせたことは——ある。小学生の兄や小さい弟が、私にばかり用事を言いつけて……ふくれたりすると、

「女のくせに文句を言うな」

「そうだそうだ、女のくせに生意気だ」

などと面白がって囃したてたからである。

それも、やがて成長するにつれ——男は男なりに、いろんな責任を背負わされたり見栄もあって、さぞたいへんだろうと同情するようになり——管理社会で上から痛めつけられ、下から押し上げられる姿を見せられると……もしかしたら、男性は女性よりも弱くて優しいのではないか、とただもう気の毒で……来世は是非男に、などという願望はすっかりなくなった。どちらの

性に生れるのも運次第、ともうすっかりあきらめている。

それにしても——時代や場所によって多少は数が違っても、とにかく、地球のどこにでも、男性と女性がかならずいる、というのは何という不思議なことだろうか。どういう神さま仏さまのお力か、信仰心のない私にはまったくわからないけれど……自然というのはほんとうにうまく出来ている、と感心魔の私はときどき深い溜息をつく。

「そんなに感心することはありませんよ。自然の力はたしかに偉大だけれど——科学の力も、もっとみとめて下さいよ」

もの識《し》りのMさんが、私の無知を笑った。

「間もなく、必要に応じて、男と女を産みわけられるようになりますよ。科学万能時代——科学が自然を征服するんです」

きいていて、何だか背筋が寒くなった。

この頃は、妊娠中の胎児の性別がハッキリわかるという話はきいている。少々味気ない気もするけれど……名前を考えたり、産着の仕度をするには、便利なことだろう。

しかし——そこまでいいのではないかしら。人間が、好き勝手に男の子や女の子をこしらえる、なんて、何だかこわい。偉い人が、戦争の準備として、男児ばかり産ませるかも知れない。そのうちに、頭の中まで規格にあわせた子を、すぐ産んで、いそいで成長させろ、なんてことになったら、どうしよう。

Mさんにそう言ったら、

「まったく、年寄りは——新しいことは何でも悪いことだ、と思ってるんだから困るよ。そんなことになる筈はないでしょう……」

うんざりして、帰ってしまった。でも、この頃は——なる筈がないことが、次から次へおきてきて……それがすぐ、当り前のことになってしまうのだから——信用出来ない。子供のない夫婦が、第三者と契約して、精子を買ったりあずけたりして、自分の子供を製造するなんて……。子供が欲しければ、養子縁組をすればいい——親が欲しい子は世界中に沢山いるのだから。

「世の中、だんだんおかしくなってきたわね。運まで、自分の思うようにしようとする」

ブツブツ言いながら、箪笥から夫のさつま絣の着物を出して渡すと、

「これ普段着にするの？　勿体ないなあ」

「いいえ、セッセと着ないと間に合わない」

相棒は——すぐ、ニヤリとして、

「そうだな、間に合わないね」

私たちの残り時間はもうすくない。多分、これ以上、運がスーッと近づいてくることはないだろう。でも——生きている間は何かしなけりゃ……。

エーと、今夜は蟹ぞうすい。おいしいだしをとって、それから松山弁の台詞をおぼえて、手紙を書いて、あの本を読んで……忙しい。

世界中が「得」する願望

「あなたは、少々ご自分の齢《とし》を言いすぎるようですな、失礼だが、あれはおよしなさい、損ですよ」

「そう、たしかに損をされてます。齢なんてものは、適当にぼやかしといた方がいい」

この間、あるパーティーで顔見知りの老紳士たちから、こんな注意をうけた。

たまたま、その翌日、こんどは若いジャーナリストに、

「老《ふ》け役でも女優さんなんだから、そんなにハッキリ齢を言うのは損じゃないんですか？　ほかにおもしろい話題がないみたいです」

大まじめでそう言われた。

私はなんとなくシュンとした。たしかに近頃私は齢のことを少々言いすぎる。別に得意になっているつもりはなかったけれど……。

（考えなくちゃ……なにもみすみすマイナスとわかっていることをするのは愚かだ）

さて、私の場合——齢を言わないようにしたら、どんな得があるだろうか？

生れつき低血圧で健康とは言えないけれど、一病息災。いまのところ大病をしないおかげで、実年齢より多少は若く見えるらしい。みなさんが損だと言って下さるのは、多分、そのことだと思う。たとえ、二つでも三つでも若く見られるということは女にとって何より嬉しい——いくつになっても。

（この人たち、私のことを幾つだと思っているのかしら）

などとニヤニヤしているのは悪くない。これはたしかに、得の第一かも知れない。

さて、第二の得は？　と考えて、ハタと困った。どうしても思い当らない。

七十七歳が七十四歳、七十三歳に見えたとしても——胸のときめく恋のひとときがあるわけではなし、中味にかわりはないのだから……。知人の名前はケロリと忘れるし、季節のかわりめには腰や膝が痛むし、白髪《しらが》はふえるばかり——ほかに何にも得はない。

ところが……齢をオープンにしておくと、案外、いいことがあるから面白い。

冠婚葬祭その他モロモロの世間の義理を少々ぐらい欠いたとしても——まあ、お齢だから仕方がないね、と許してくれることが多いし、ドラマの上の肉体労働——駈け出したり、重い小道具を持ったりするときも、ある程度、演出家が加減して下さる。根がそそっかしいから、調子にのって無理な仕事を引き受けようとして、ハッと気がつくのも、口癖に齢を言っているおかげで——けっこう、自戒の役に立っている。

つまり——損と得とは表裏一体。その人、そのとき次第でどちらにもなる、ということ、か？　これは、いまの私にとって、損か得か？　などと考えながら生きるのはなんとも味気ないけれど……。

　げんに、私の育った東京の下町では、損得ずくでものをするのをとてもいやがった。私の父も、

「情《じょう》でうごくのが人間だ、損だからしない、得だからするなんて江戸っ子の面《つら》よごしだ」

　などと、よく苦虫を噛みつぶしていた。

「娘が玉の輿《こし》に乗ったおかげで左うちわだなんてそんなみっともねえことが出来るか」

　向うさまは相当な資産家だから——というだけで知り合いが持ちこんだ私の縁談をニベもなく断わり、母も傍でニッコリしていた。

　そんな親たちのおかげで、私はその後、自分の勝手な道を歩くことが出来た。気楽な家に生れてよかった。もし、継ぐべき家柄や守るべき財産があったら、あんなに充実した青春時代はなかったかも知れない。好き嫌いのハッキリしていた私にとって、普通の家はありがたかった。

それにしても、人間同士の好き嫌い――恋とか愛とかいう感情は、一体どこから生れてくるのだろうか。仮りにも二人の間になんの情緒もない損得勘定などが先立っていては、純粋な愛情が芽生えるわけはない。

相愛の夫婦が姑《しゅうとめ》の一存で引き裂かれる、近松の「心中宵庚申《しんじゅうよいごうしん》」が、いまも私たちを泣かせるのは、損得勘定などというあざとい計算がみじんも感じられない、純粋な心のふれあいが描かれていたからである。

芝居ものの娘の私は、小さいときから、こうした舞台を毎日のように見て、子供心にも美しいと思った。

そして年ごろになって読んだフランスの小説の一節は、私をひどく驚かせた。

乱読のせいで、作者や題名が思い出せないが、ヒロインの女子大生が、円柱のようにがっしりした首をしていた、という書き出しの描写が、なぜか印象に残っている。

クラスの男の子たちは、寄るとさわると彼女のことを話題にしていたが、あたまがよすぎるということがよくわかっていたので、何となく近よりがたいものを感じていた。

卒業式をひかえたある日、プレイボーイ気取りの青年が——誰か、彼女にキスをしてこい——誰もそんな勇気がないのか、と言い出した。

「僕がやります」

オズオズと言い出した男の子をみて、みんな、笑い出した。

長いまつげ、赤い唇《くちびる》、青く澄んで大きい眼——人形のように甘いマスクをして、高級腕時計がご自慢のこの若者。姿かたちは申し分がないのだけれど、あたまは空っぽ。親の莫大な寄附のおかげで、やっとこの大学を卒業出来るらしい、という噂だった。そんな青年を、あの娘が相手にするわけがない——誰もが、そう信じていた。

だが、

「卒業記念に、僕の別荘へドライブしませんか？　季節はずれだから誰もいないけれど、景色がいいですよ」

という彼の誘いに、彼女はすんなり、うなずいてくれた。

夕方、彼女を横に、車を走らせている青年は得意だった。やがて、夜の闇の中に豪奢な別荘の建てものが、静かにうかんできた。その夜、娘は、彼に抱かれた。

翌朝、彼が眼をさましたときは、ブラインドから朝の陽《ひ》が洩れ、彼女はもう起きたらしく、となりの部屋でかすかな音がした。

(とうとう僕のものにしたぞ、クラスの奴《やつ》ら、おどろくだろうな、もう、僕をバカに出来ないぜ……)

しばらくは勝利の気分に酔っていたが――急に、心配になってきた。

(これからどうしよう……彼女は貧乏人の娘だそうだから、僕のパパやママは怒るに違いない。しっかりものの彼女が、結婚だの、慰謝料だのと言い出したらたいへんだ――とにかく、なんとかなだめておかなけりゃ)

となりの部屋に、やさしく声をかけた。

「君、もう起きたの？　なんにも心配しなくてもいいよ。そのうち、折をみて、僕のパパやママに紹介するからね、安心してよ、大丈夫だから……」

返事がなかった。彼はすこしあせった。

「君のうちと僕の家では身分が違うけれど——僕にまかせてくれればうまくやるよ、ね、もう一度こっちへおいでよ、まだ早いよ」

カーテンのかげから、キチンと身仕度をした彼女がのぞいた。明るくほほえんで……いつもよりずっときれいだった。

「さようなら——昨夜のことはお互いに忘れましょう。もう逢わないわ」

呆然としている青年を残して、彼女は足早に出ていった。

物語のなかの二人がそれからどうなったか——私は忘れた。ただ、そんな出来ごとがあるより前、彼女が教室で、この美青年の横顔にフッと見惚《みと》れ……もし、きれいな花のようなこの人を、コップにいれて飾っておいたらさぞ楽しいだろう……そんなことを思って、ひとり笑ったという一節があった。

それにしても——あんな知的な女性が、まるで砂糖づけのお菓子のような男の子と、なぜ？　って女心にショックをうけた。

彼女が男との一夜をすごした朝になって、別人のように冷静になって、そのまま別れて行った心理がすんなり理解出来たのは、ずっと後年、私が社会へ出てからのことだった。

あれもひとつの恋というものかも知れない。愚かしいとわかっていても、若さや感情がそれを抑えられない——恋の変種というわけだろうか。それぞれの男女を結んだ縁《えにし》の糸が、どうかした拍子にもつれて、ほかの糸にからまってしまうのだろう。

そう言えば、こうした衝動的な行動は、男の人にはよくあること……私はどうやら、女性を受け身の側に立って考え、それにこだわりすぎていたらしい。

戦後、四十年。この国もどうやら民主主義に慣れてきて、女の人も恋を楽しみ、自由な生き方が出来るようになってきた。貧富の差もすこしずつ縮まってきているし、社会生活を豊かにするための発言もだんだん活発になりつつある。嬉しいことである。

けれど、このごろまた、私は考えこむ日が多くなった。自由というのは、むずかしい。

Aさんの望むことがBさんの迷惑になり――一人の得が、他の一人の損となるのは、人それぞれの考え方、暮らし方の違いだとわかってはいるけれど、とにかく、当惑するような問題が多すぎる。そのきしみが日増しに大きくなって……まるで、焙烙《ほうろく》の中で豆がはじけるように、あちらでもこちらでも、地域エゴの争いが起きている。カラオケの騒音から日照権、ペットの飼い方から託児所、老人ホーム、ゴミ焼却所の設置をめぐるトラブル――隣家の落ち葉の処理まで、かぞえあげたらきりがない。

どうやら、すべての人間にとって得になるということはないらしい。そんな期待をする方が無理なのだろうか。

なんとなくゆううつなある日、フト手に入れた一冊の本をひらいて――私は思わず声をあげた。

あった、ここにあった。すべての人の得になることがあった。それも日本だけではなく、世界中、すべての人の得になることが……その名は、平和。

たしかに、地球全体が平和になれば、人間はみんな得をする。イギリスの物理学者バーナード・ベンソン氏の著書『平和の本』――寺家村博氏訳（日本ＹＭＣＡ同盟出版部）が、私にそのことをおしえてくれたからである。

やさしい言葉にきれいな線描きの簡単な漫画を添えて――一見、お伽ばなしの本のように見えるけれど……感動するのは、子供だけではない。私も、私の夫も、頁をめくるに従って頬が赤らみ、眼がうるみ、胸の中が熱くなって、読み終ってからしばらくは、何にも言えなかった。

物語は――世界中の人が心から祝いあっているお祭り「平和の日」に子供たちが、一人のおじいさんから、その日が出来た意味をきく――そこから始まっている。

「人間が地球に住むようになってから、まっさきに関心をもったのは、ただ一つ、自分自身――自分の心だけではなく、自分のからだと自分を満足させてくれるものぜんぶに興味をもった……」とおじいさんは説いている。

そのために、人間たちは物を集める競争をはじめ……やがて、自分の邪魔になるものをはらいのけようとして、武器をつくり——その研究のために人間の脳みその半分をつかい……とうとう、たった一つで百万人の仲間をアッという間に殺してしまう武器を考え出す。そしてやがて、それを売って大儲けをする人の数が無数にふえ……どこの国の偉い指導者たちも、無知という厚いさくのうしろにとらわれた人びとを、押えておくことが出来なくなった——という。

ある日、りんごの樹の下で、少年と少女がソッと話をした。二人の父親は学者で、人を殺す武器の研究をしている、と悲しそうに言っている。

「わたしは死にたくない」

「ぼくだってさ」

二人は泣き出した。でも、このままでは遠からず死んでしまう。みんながどこかでおかしくなっているのだから、こんなことは何とか食いとめなければ……。そのためには世界中の人に向って、いま、なにがおこっているかを訴えて、みんなで、そんなバカなことをとめなければだめだ。そのために何をしたらいいのだろう？

テレビ局のスタジオへ行って、マイクの前で、そのことを説明するのが一番いい——二人はそう、思いついた。

とうとう、ある晩、少年は放送局へはいってゆく。大人たちはこの小さい子供を気にしなかった。少年はどんどんテレビカメラの前へ進んでゆき、澄んだ声できっぱり言った。

「ぼくは死にたくなんかない。生きていたい。大人だって、病人だって、お年寄りだって、みんな生きていたい……バカな人たちのために、ぼくの地球をめちゃめちゃにさせないで……ぼくたちみんなで——この地球を救えるんだ……」

とつぜん、画面の中で泣きながら訴えるこの少年の姿を、世界中の人が見て、感動した。方々の国の指導者たちは、山ほどあるむずかしい問題に必死にとりくみ、とうとう、核爆発を指令する死の鍵をすべて一斉《いっせい》に捨て去ったという話。この本の裏表紙に作家井上ひさしさんの言葉が載っている。

「……平和と、その平和をどうすれば手にいれることが出来るか、が書かれています……主人公の少年が三人の大統領と交わす会話などは、思わず手に汗をにぎってしまいます」

私はもう、三度読みかえした。そして、世界中の人たちが、一人残らず得をする——それは、世界中が平和になること以外にはないのだ、とあらためて考えています。

皆さんも、そうお思いになりませんか。

女の暮らし・私の場合

このごろ——ゆきずりに街でみかける女の人たちが、それぞれに美しい。何故かしら？　お化粧が上手になったから？　衣裳の好みがよくなったため？　それとも、豊かな食物のおかげだろうか？

私は、どうやら、

「何かやりたい、何かやらなければ……」

そんな思いが胸に溢れているせいではないかと思う。背筋をシャンとのばし、まっすぐ前へ進もうとする女性たちの眼は輝いている——永い間、否応《いやおう》なしに社会生活の重荷を背負わされ、疲れ果てている男性たちよりも、ずっと……。

世の中はめまぐるしく変ってゆく。ついこの間までは、十年一昔と言われていたのに、近頃は三年、いいえ、二年一昔の感じになってきた。

「男は仕事、女は家庭」

そういう単純な割り切り方では、とても人間らしい幸福な暮らしはのぞめない――そう気がついた女性たちは、生き甲斐を求めて外へ出た。

政治家、科学者、芸術家から、ニュースキャスター、白バイの婦人警官、コンピューターサービス会社のエリート社員……「ヒーブ」という職業は企業と消費者を結ぶパイプ役だという。ともあれ、若い女性の肩書に新しいカタカナ文字がふえつづけ、老女は戸まどいつつも肩身が広くなったようで――嬉しい。

私の若い頃――六十年ほど前は、水商売以外の女の人の仕事はごく限られていた。学校の先生、事務員、電話交換手、デパートの店員もまだ珍しく、おまけに男性社会にまざって働く女性たちは何となく、世間から白い眼で見られたりもしたものだった。

「職業婦人を息子の嫁にするわけにはまいりません。わが家の体面にかかわります」

いわゆる良家の奥さま方の中にはそう言って眉をひそめる人もいた。世間の波風に当りながら働くなど下賤の女のすること――格式のある家庭の娘は行儀よく、長い袂《たもと》を膝の上に重ねてヒッソリ坐っていなければ……そんなしつけをうけていた。

「あすこのお邸《やしき》のお人形みたいな若奥さま――臨月だっていうのに、じっと坐ってばかりいて、いいのかねえ。ちっとは身体《からだ》を動かさないとお産が重くてたいへんだよ」

昔、おせっかいの八百屋のおかみさんが張り物をしている私の母と立話をしていた。

「大丈夫だろ、この頃、大奥さまが毎日、お座敷に大豆を一升バラ撒《ま》いて、若奥さまに一粒ずつ拾わせているそうだから……」

「へエ――その豆、お産がすんだら捨てるのかねえ、それとも来年の節分までとっとくのかしら……」

「まさか……でもねえ、そんなことするより、お庭の草むしりでもした方が、ずっと運動にもなるし、気が晴れると思うけど……そうもいかないのだろうねえ」

朝から晩まで、家事や商売に精を出している下町女にとって、働くのはごく当り前のこと、じっとしているなんてさぞ退屈だろう、とつい余計な心配をするわけである。

そんな町で育った私は、もの心つくとすぐ箒《ほうき》をもたされお米をとがされ……小学校を卒業する頃には家事一通り、身についていた。おかげで、女学校へゆきたいと親にせがんだときも、台所仕事は怠けませんと約束出来たし、月謝を自分で稼ぐ仕儀になっても、驚かなかった。早速はじめた家庭教師は、下町ではまだ珍しく、けっこう割のいい仕事だった。丁度その頃から、子供を上の学校にやろうかという人がボツボツふえてきた。

それにしても、十五歳の女学生先生は、小学校の五、六年生たちを相手に毎日、大童《おおわらわ》だった。この世知辛《せちがら》い世の中でお金を稼ぐということは生半可《なまはんか》の遊び半分ではだめだということを、庶民の娘はよく知っていたから、とにかく一生懸命、いたずら小僧やお転婆娘をなだめすかして、教えたものだった。運よく、生徒たちの合格率がよく、そのおかげで収入は多く、私も上の学校までゆくことが出来た。

結局、私はその頃からずっと、職業婦人というわけである。家庭教師から新劇女優——映画界へはいったときから数えても五十年あまり……よくつづいたものと自分でもときどき、おかしくなる。

その頃の下町女は、自立だの生き甲斐だのということを考えているわけではなかった。おかみさんたちにそんなことをきいても、キョトンとしたに違いない。ともあれ、生きてる以上、働くのが当り前——ただそう思っているだけだった。店屋のおかみさんはせっせと働いて共稼ぎをしているわけだし、しもたやの女房は、台所を自分の縄張りとして、家族を元気におくりだす——つまりは、それぞれの居場所で手軽に張り合いをみつけ、それを自分の福分と思っていた。私の女優生活がこんなに永くつづいたのも、そういう単純な下町気質のせいである。

いろんなことがあって、はじめの希望どおり、女教師になれなかった私は、兄のすすめで映画女優になった。芝居ものの家に生れたというだけで、どう考えても自分に不向きな芸能界にはいってしまったのは、我ながらいい加減な、と気がとがめていたものの――職業にした以上、なんとしても、貰うお金に見合うだけのことは出来るようになりたい……そう思いつづけて今日まできてしまった。いつまでたってもこの社会に馴染めないけれど……。

「それにしても、永い間、よく、家庭と仕事を両立させていますね、その秘訣は？」

ときどき、そんなことをきかれるが、私はただ、両方の間をウロウロしているだけ、というより答えようがない。

両立ということは、誰によらず、むずかしいのではないだろうか。結婚記念日に美しく飾りたてた食卓の前で、ひとりポツンと坐っている妻――いつまでも帰ってこない仕事の鬼の夫……テレビドラマによくある風景である。

そんなとき——待っているのが夫の方で、仕事場から戻ってこないのが妻だとしたら……これはかなり、むずかしいことになる。

「主婦も仕事をもった方がいい。家の中にばかりいると、カビが生えるよ」

そういう男性もすこしずつふえてきた。

たしかに、社会の風に当ると、主婦たちは例外なくいきいきする。あれこれ話題も多くなり、夫婦の会話も楽しくはずむ。

しかし——妻がどうやら仕事に馴れたころには……家の飾り棚にはホコリがたまり、冷たいご飯に焼きざましの魚が出される日も多くなってくる。

夫はだんだんしらけ、イライラする。しまいにはつい、大きな声を出したりもする。

あんなにものわかりのよかった優しい人が、どうしてこんなことに……妻たちはがっくりする。つまり、夫が理解していたのは頭の中だけで、心の隅ではやっぱり——居心地のいい家庭をつくるのは妻の責任だと思っている——妻ひとりだけの……。

朝日新聞「モスクワの街角で」によれば、社会の隅々まで男女同権の筈のソビエートでも、離婚の申し立ての七割は女性からのもので、その原因は、伝統的な家事の不平等に甘んじようとしないせいだ、という。

私は日本の明治女――家事一切は自分の役目という思いが、深く身体にしみこんでいる。同じ明治生れの夫が、夕食のあと片づけを手伝ってくれるたびに、

「どうもすみません、どうもありがとう」

などとくどくど言っては、

「いいよ、そんなに言わなくても……」

と笑われるけれど、なんだかどうも、申し訳なくて……。

女優の仕事は朝早いこともあり夜おそいこともあり、とにかく時間に制限がない。予定表どおりゆかないのが普通だし、ときにはロケーションで家をあけることもある。従ってわが家の家事はとどこおりがちになる。夏冬の衣類の入れ替えが何日かおくれるのは我慢して貰うとして、毎日の食事の方に

ひどい手抜きはつづけられない。あまり健康とは言えない老夫婦が何とか無事に暮らしていられるのは、齢《とし》に見合った家庭料理のおかげ、とよくわかっているのだから……。

それにしても、小さいときから家事を仕込まれたことが有り難い。お米のとぎ方、煮ものの味加減――お砂糖何グラム、醬油茶さじ何杯などと一々本を見なくても、手加減、目加減で手早く料理することが出来る。煎り豆腐をこしらえながら、明日のドラマの台詞《せりふ》をおぼえ、流しいっぱいの洗いものをしながら雑文のテーマを考えられるのも、母のしつけのせいである。

ただし――それもこれも、私自身、家に居なければ、どうにもならない。永いドラマがやっと終って、さあ、これで女優業は一休み――台所も押し入れもきれいに片づけて、美味《おい》しいものをこしらえて、あの本も読まなければ……というときに次の仕事がもちこまれたりする。意地の悪いことに、そんなときの私の役は、いかにも面白そう……。悩んだあげく、つい引きうけたりすると、どちらも中途半端なことになる。たいした能力もない人間が、あれもこれも出来るはずがないのに——とただもう頭をかかえてしまう。

そんな思いをつづけたあげく——どうしてもやりたいことの幾つかに、自分で順番をつけることにした。

女優という仕事の楽しさは、自分の中のいろんなところをふくらませて、その度に違う人間になれることである。その面白さがやっとこの頃よくわかって、出来ればもうすこしつづけたいと願っているが——芸術的素質がないせいか、私にとっては、やっぱり一つの職業——このために生命《いのち》をかけます、とはどうも言いにくい。

私の場合、一番大切なのは、毎日の暮らしのような気がする。寝て、起きて、食べて、読んで、考えて——まわりの人たちと優しくいたわり合うような生活をしてゆきたい。せっせと働くのは、ただ、そのためだけだと思っている。

結局——私の心の中の番号は、暮らしが一番、仕事はどれも二番に決めた。こんなことを書くのも、二番の部にはいっている。

もともと、仕事と家庭が両立するとは思っていなかったけれど、さて、そうはっきり順序をつけてみると、何だか気が軽くなった。欲が出て、つい迷ったりするときは、この番号簿を心の中でそっとひらけば、たちまち決心がつく、というわけである。

ただ――近頃、その二番さんの中から、舞台と映画の出演を消したのは、ちょっと寂しいけれど、これも齢のせい。お誕生日を迎えるたびに少しずつ減らしてゆかないと明るい暮らしが出来なくなる。今年の私は、もう去年の私ではない。いつも、いまの私に丁度いいだけの働き方をしてゆかなければ……。

この頃は、掃除や料理など、毎日決まったことのほかに、今日、特にしなければならない雑用にも、1、2、3と心の中にアラビヤ数字で小さく番号をつけることにしている。昨日は、台詞をおぼえることが1、庖丁とぎが2、本を贈ってくれた人へ礼状を書くのが3だった。こんな用事は次から次へ出来てくる。どっちみち、予定どおりにはゆかないとしても、一応決めておく方が年寄りにとっては楽である。残り少い人生を丁寧に生きてゆくための、老女の知恵ということかしら。

今日は日曜日。昼間、通いで手伝いに来てくれる娘さんはお休みだけれど、私は正午にテレビ局へ出勤――女優の仕事は曜日なし。

夫が雨戸をあけ、座敷を片づけてくれる間に台所で朝食の仕度。トーストに牛乳、玉子の目玉焼き――サラダだけは野菜いろいろ……レタスにバナナ、りんご、ブロッコリー、かぼちゃ、グリーンアスパラを取り合せた。

今日の1号は、ドラマの長台詞をもう一度頭の中でたしかめること。2号は、原稿を書いている夫の夕食と私のお弁当の仕度――今朝早く、雨戸のすき間から洩れる陽の光をみて決めたのは、まぜずしである。

梅酢とゆずのしぼり汁で酢めしをこしらえ、常備菜のすしのもと（小さくきざんだごぼう、椎茸、筍のいため煮）と、かまぼこ、菜の花、煎り玉子をかるくまぜ合せ、薄づくりのひらめと貝柱をちょっと酢につけて、その上にきれいに並べる。私の分は塗りのお弁当箱に、夫の分は蓋つきの瀬戸ものにいれて冷蔵庫へ（夕食時に、蒸しずしにするように）。添えものはこまつ菜のおひたしと、これも常備菜の大根と鶏の煮こみ。食後の苺は、私のお弁当にも少々。とにかく、見ためにきれいな割に手早く出来て、ごま化しのきく、お手軽料理である。

家のことはすっかり忘れて仕事に精をだし、帰宅したのは午後十時半。お茶をのみ、「本日のおすすめ品」と、夫が赤鉛筆で囲っておいてくれた新聞をよんで、ゆっくりお風呂にはいってから、床につく。

あと三日でこの仕事が終ったら、しばらくは休業――働きすぎは年寄りには禁物。幸い、貯金通帳の0を数える趣味は二人ともない。

「入るを計りて、出《い》ずるを制す」

という。使いすぎるな、ということだけれど、わが家では、

「出ずるを計りて、入るを制す」

必要以上に働かない、というわけである。

「ではまあ、とりあえずお休みなさい」

夫も向うでニヤリとして、

「ま、とりあえずお休み、また明日」

これが私たち老夫婦の、自立生活のサイクルというところだろうか。

おカツさんのこと

暁方《あけがた》まで、篠《しの》つくように降っていた雨がやっとやんで、朝の庭にやわらかい薄陽《うすび》が射してきた。夜っぴて雨戸を叩いていた風もすっかり納まって可愛い小鳥の声がしきりにきこえる。

春の嵐は、情け容赦のない感じである。芽吹いたばかりの樹が多いのに――なんともなかったかしら……。

夫が縁側に立って、ガラス戸越しにじっと庭を見ている。大切にしていたバラの枝でも折れたのだろうか。

「どうかしたんですか？」

振り向いた夫は、黙って指さした。正面の背の高い木蓮の頂上近くで、小鳥が一羽――チョンチョン、チョンチョンとせわしなく動きまわっている。

雀《すずめ》よりずっと大きい——何という鳥かしら。眼をこらしてよく見ると、その細い嘴《くちばし》で木蓮の蕾《つぼみ》をついばんでいる……やっとふくらみかけたばかりの小さい蕾を。

「まあ、ひどい……」

慌てて庭へ降りようとする私を、夫はそっととめた。

「よっぽど腹がへっているんだよ」

ホント——そう言えばそうかも知れない。あんなに夢中で食べているんだもの。ここのところずっとお天気がわるかったし——次から次へと高いビルが建てられる都会では餌の木の実もすくないだろう。この頃は、うちの狭い庭にもこんな小鳥がよく来るようになった。やっと見つけたご馳走を嬉しそうについばんでいる姿を見ると、邪慳に追い払うことも出来ない。

それにしても、去年、植木棚においたピラカンサの枝もたわわな赤い実をすっかり食べられてしまったときは、さすがにちょっと悲しかった。朝早く、一羽の小鳥がサンゴ珠のようにきれいな実を突っついているのに気がついたけれど——まあ、すこし位なら……と鷹揚にかまえていたら、いつの間にか、夫婦か友達を連れてきて一粒残らず食べてしまった。

庭の隅のいちじくのときもそうだった。

下町の生家にあった白いちじくの実の飴色に透きとおった甘い舌ざわりが忘れられず、四年前、やっと手にいれた小さい木が三本——朝晩の水やり、ときどきの米糠の肥料も忘れず、去年、やっと実がついた。ひい、ふう、みい……十四個。はーやく大きくなーれ……と楽しみにしていた。

固い実がやっとふくらんで、顔をよせるとプーンと甘い匂いがする。あと三日——丁度、忙しい仕事が終るときが食べ頃になる筈。

そして、その待望の朝、目笊《めざる》をもっていちじくの木の下へ行った私は——呆然とした。甘く熟しているとばかり思った十四個の実が——一つも無い。どの枝にもチャンと皮が残っているのは、鳥が上手についばんだ証拠——口惜しかった。

(……来年は、やっぱり、紙の袋をかけることにしよう)

少々いじましい気がするけれど……植木屋さんのすすめに従うことにした。翌月、久しぶりで受けとったおカツさんの手紙に、自作の詩がはいっていた。作者は当年八十七歳。

「いちじくの木」

せまい庭のたった一本の／いちじくの木／毎年よく実をつける／よく熟してから食べようと思うと／その前に小鳥が来て／食べてしまう／いろいろ考えた私は／すこし熟してくると／紙の袋をかぶせる／そして安心する／おかげで甘い美味《おい》しい実が食べられた／しかし小鳥は／人の心のせまさに／あきれたのか／一羽も来なくなった／あのピイチクピイチクという／可愛らしい声は／きかれない／冷蔵庫の中には／いちじくの実が／食べ切れないでゴロゴロ／私はせまい自分の心がはずかしく／鳥の来なくなったいちじくの木を／一人ぼんやり／ながめていた／木にはい

っぱい実がなっている／私はもう食べたくない

くり返し読んで——胸をつかれた。

ごめんなさい。私も袋なんかかけません。ほかに沢山食べ物があるのに

……はずかしい。

おカツさんが、初めて私に手紙をくれたのは、三年ほど前のこと。

「……私は本が大好きです。あなたの書かれたものを読んで感動しました。いつまでもお元気で、また何か書いて下さるように、千羽鶴を折りました

……」

豆粒ぐらいの折り鶴が千羽……紅茶の鑵《かん》ほどの紙の箱に入れて届けられた。

お盆の上にあけて、両手ですくって——夫と顔を見合せた。一羽一羽……翅《はね》にも嘴にも違う模様がついている。どうやら、広告の紙を小さく切って折ったらしい。それにしても拡げた翅の端から端までが一センチ五ミリ、首も尾もそれぞれ五ミリとは……信じられない気持で一羽をそっとほどいてみると

――やっぱり一センチ五ミリ角のきれいなチラシ紙だった。小さいガラスの蓋物《ふたもの》にいれた千羽の鶴は、その日からずっと居間の飾り棚で、私の健康を祈っていてくれる。

その後もときどき、おカツさんは可愛い姉《あね》さま人形を贈ってくれた。爪楊《つまよう》子《じ》を芯にした七センチほどの平たい紙人形は、みんなきれいな包み紙の着物に、赤や紫の、これもチラシの帯をしめている。ときには赤ちゃんをおぶったり抱いたり……細い筆で丁寧に描かれた目鼻だちが一人一人違っているのがとても楽しい。

「……好きな人形をつくる時も本を読むときも、まだ眼鏡をかけません……」

明治三十一年生れというのに――これは一体、どういうことかしら。

東京の京橋で育った明治女ということだから同じ下町生れの私に何かと親しみを感じてくれるらしく、あれこれ昔の思い出を書いてくるが、その度に、

「……勝手に手紙をさしあげて、お忙しいあなたの重荷にならないだろうか

と心配です。お返事はどうぞご無用に……」

と気を使う。それだけに、愚痴めいたことは決して言わないけれど、ときどき、手紙の裏から永い苦労の吐息がきこえる。

おカツさんの祖父は徳川の直参《じきさん》で、維新後も京橋に住んでいたが、父の代に失火で全焼、母親とは生き別れ……育ててくれた継母が可愛がってくれたのが、せめてものしあわせだった。二十一歳で結婚。働きものの夫は大崎に鉄工所を建て、国鉄の仕事をしていたが、おカツさんが三十二歳のとき、無理がたたって病死——たよりきっていたやさしい夫に先立たれ、老父と男の子を抱えて途方にくれながら、どうやら自分を励まして生きてきた。父を見送ったあと、早稲田の法科へはいった一人息子も卒業をひかえ、やっと肩の荷をおろしたトタンに、悪夢のような学徒出陣——二カ月後、呆然としている母親の手に渡されたのはフィリッピンでの戦死の公報。やがて——息子の名前を書いた一枚の木札に、三百八十円也のお金を添えた骨箱が届けられた。

朝も昼も、ただ泣いていた。隣家の人が、もしや息子のあとを追うのではないか、と何遍ものぞきに来たらしい。

雨戸をしめきった暗い家の中で、何日そうしていただろうか……泣き腫《はら》した両眼がキリキリ痛んで——とうとう、何にも見えなくなってしまった。

そうなってから——フト我にかえった。黒い闇の中にポッと浮かんだ息子が、やさしい声で囁いたような気がしたからである。

(母さん、いつまでも泣いてないで……辛い思いをしているのは母さんひとりじゃないんだからね、みんな我慢しているんだよ)

そうだった——悲しいのは私ひとりじゃない。おカツさんは夫に死なれて泣き暮らしていたとき、お寺の和尚《おしよう》さんに言われたことを思い出した。

「……三年、我慢しなさい。三年たてば、どんな悲しいことも自然にあきらめがつく。人間とは、そういうものだ」

そうかも知れない。いつまでもこんなことをしてたら、意気地がないね、と息子にわらわれる——おカツさんはやっと起き上った。

終戦直後の荒れ果てた東京で食べものを手に入れるのはむずかしかった。

次から次へ、内職を探すだけで精いっぱいだった。おもちゃの電気機関車の組み立ては多少工賃がよかったけれど、小柄な身体《からだ》に重い材料が背負い切れず、転んでは、怪我をした。

闇米もなかなか買えず、内職にも疲れ果てたとき、知り合いの人から焼きとり屋の店をあずかってくれないか、という話があった。奥さんが何かの都合で店へ出られず、困っているということだった。

馴れない商売だし、自信もなかったけれど、とにかく、ほんのしばらくという約束で引きうけた。それが思いがけず永くつづいたのは馴染みの客がふえてきたからである。その頃はみんな、多かれ少なかれ、戦争の傷あとを胸の中に抱えていた。そのやり切れなさを、一杯のみながら、つい訴える人が多いのは、おカツさんの暖かさに、自然と気持がほぐれていったのだろう。

いま、おカツさんは——東京の郊外の、こぢんまりした中国料理店の奥に、その店の主人夫婦と暮らしている。独特のぎょうざで、遠くから来る客をよろこばせている店主も、二十年前は、おカツさんの焼きとり屋の常連だった。

いつも、店の隅に腰かけて、コップ一杯のお酒を黙って呑んでいるその人の姿に、おカツさんはなんとなく、一人息子の面影をみるようになった。生きていれば、丁度このくらいの齢だろう。ムッツリと考えこんでいる広い額もなんだか似ているような気がして……やさしい言葉をかけずにはいられなかった。

相手の重い口がすこしずつほぐれるまで、どのくらいたっただろうか。満州で何もかも失い……終戦後しばらくたって、どうにか引き揚げてはきたものの、生きてゆく気力が出ない……とうなだれる青年を、何とかはげましてやりたくて、おカツさんは必死だった。

（とにかく、ひとりぼっちじゃいけない）

丁度、友だちの家を手伝っている年ごろの娘さんがいる。あの子も戦争のおかげで、同じようにひとりぼっち。口数がすくないところも似ているけれど、気のやさしい働きもの。もし、お互いに気に入ったら……そう思って、見合いをすすめた。

結果は上々――おカツさんが走りまわって、結婚式も無事にすんだ。ふたりぼっちになった男女は……見違えるようにいきいきとした。

満州でおぼえた中華そばの店を出したい――若い夫婦が夢中で準備をしているうちに、妻が妊娠した。嬉しいけれど……赤ん坊を抱えて働くことはとても出来ない――途方に暮れている二人を、おカツさんはもう一度はげました。

「赤ん坊は私が育てるから、安心して産みなさい。あんたたちは私の家の表の部屋で中華そば屋をはじめたらいい……」

それから二十年あまり――裏の部屋でおカツさんが育てた赤ちゃんは、明るい、きれいな娘さんになった。日本舞踊の上手なOL――姉さま人形のモデルはどうやらこのお嬢さんらしい。息子夫婦と孫娘……やさしい家族に囲まれたおカツさんのしあわせなこと……。

「血が通っていてもいなくても、別にどうってことはありませんね、お互いにいたわりあう気持さえあれば……ねえ」

この間、初めておカツさんの部屋を訪ねた私に、ソッと目くばせする色白の笑顔の暖かさ——こちらまで、なんとなくゆたかになった。そのときに、見せてくれた詩は……。

「ある日のふれあい」

ある日私は近所の酒屋へ／買い物に出かけた／そこには食料品もあるので私はよく行く／その日もあれこれ選んでいると／後から／オバアチャン／これをなめてくんなといって／アメの袋をくれた人があった／二袋だった／五十五、六歳の労働者風の男の人／私はびっくりしてその人を見た／入口でコップ酒を飲んでいたその人は／心配しなさんなおれにも故郷《くに》に／オバアチャン位のおふくろが／いるんだよ／安心してなめてくんな／私はその人の顔に／若くして戦死した息子の面影を見た／たった一人残された老いた母を／案じてか時々他人様をかりて／私に優しくしてくれる／この人はあまり豊かではなさそう／二袋のアメで／好きなコップ酒一杯はのめたろうに／私はジーンとむねがせまった／もう一度御礼をと／探したが姿はなかった／もう逢えることもなかろう／あたたかい人の情けにふれた私は／心のこもったアメ二袋を／しっかりだいて／つく杖も軽く家路を急いだ／冬の空はよく晴れて／すがすがしいある日の出逢い

そう——たしかに、息子さんがやさしく見守っていてくれるのですね。あなたがいまだに眼鏡をかけないのも——眼を泣きつぶしたとき、息子さんがソッと自分の若い眼ととりかえてくれたのですよ、きっと……。

おカツさんの横の大きいボール箱には平たい姉さま人形がいっぱい——百も二百も。毎年、敬老の日に近くのホームのおとしよりを慰めるためにこしらえているという。

おカツさん、私も生きている限り、あなたのようにやわらかい心を持ちつづけたいと思います（……でも、無理かも知れない――）。

人生と星勘定――お相撲を見て――

この間、インタビュアーの若い女性に、

「沢村さんは、おせっかいでオッチョコチョイだとご自分でおっしゃってますが、すっごく勝気だったんでしょうね」

そう言われて……フッと、とまどった。

「……そうねえ、べつに――勝気というわけでもなかったけど……」

「え？ 勝気じゃなかったんですか？」

今度は相手がとまどった。

無理もない。何をきかれても早口でテキパキ答えていた老女が、急に歯切れが悪くなったのだから……。

「……まあ、ねえ、勝気というのかどうか――そうねえ、これだけはどうしてもいや、と思うことはしなかったけれど……」

結局、時間切れで話はそれでおしまいになったが――勝気という言葉がなんとなく気になって、その晩、念のため国語辞典をひいてみた。
○勝気――（女や子供などが）気性が激しくて、弱みを見せない様子。
今まで深く考えもしなかったが、……これはやっぱり、私の性分とはすこし違う。

相手が他人でも肉親でも、あるいは不特定多数でも――とにかく、絶対ほかの人に負けたくない、と闘志を燃やした記憶は……何故か私にはなかった。

踊りや三味線の稽古でも、語学や絵画の勉強でも――自分より上手な人と見ればたちまち感心し、ひたすら見惚《みと》れてしまう。

ああいうふうになれたら嬉しいのに――とは思っても、その人に負けて口惜しい、と悩んだことなど一度もない。大体、どんなことでも、やり始めれば一生懸命になるたちだけれど、どうしてもうまく出来なければ、これは私にその才能がないのだ、とたちまち、あきらめてしまう。どうやら、生れつき単純なのか、江戸っ子にあり勝ちの、ねばりのなさか——よく言えばサッパリしているということだが、悪く言えば、まことに不甲斐ない根性なし、ということになる。

「年寄りが若い人に負けるのは当り前——まだまだ負けるもんか、なんてちっとも思わないわ」

年増《としま》の女優さんにそう言ったら、

「大先輩がそんな弱音を吐くなんて情ない——若さがなんだ、ってもっとデンと頑張ってくれなきゃ困ります」

と背中をポンと叩かれた。

そういうけれど——人間の細胞は一日に十万個ずつ減ってゆくそうだから、年寄りが肩をいからし口を尖らし、何が何でも若い人に勝とうというのは出来ない相談じゃないかしら。

ただ——古いものは何でも駄目、とは思っていない。古くても、いいものはいいに決まっている。それでなければ骨董屋さんは成りたたないことになる。

（ま、何とか、いいものに近づきたい）

そう願って、自分で自分の塵《ちり》を払っているけれど……。

テレビ局の製作発表の席で、抜擢されたニューフェイスが挨拶する番になった。大きい瞳を輝かし、きれいな頬を上気させて、

「自分の可能性を試してみたいと思います。今度の役で、私は勝負します。よろしくお願い致します」

透きとおるような高い声で訴える可憐さに、思わず手を叩く人が多かったけれど——老脇役は心の中でひそかに思ったものだった。

（それはちょっと無理よお嬢さん。天才は別として、普通の俳優は、いろんな努力を積み重ねたあげくでなければ、可能性なんてもてないのよ。稽古はしなけりゃいけないけれど、勝負はしなくていいんですよ、お相撲さんとは違うのだからね……）

そう言えば、蔵前から両国に移った大相撲の夏場所は、「花のサンパチ」

とよばれる、昭和三十八年生れの若ものたちの烈しい勝負が、観客を充分に楽しませてくれた。

それにしても、この人たちの稽古の凄まじさはどうだろう。NHK特集「燃えるサンパチ……」の一場面――稽古場の砂にまみれながら、横綱・千代の富士関の胸をかりてぶつかってゆく保志関には眼を見張った。転がされても突きとばされても、息もつかずに飛びかかってゆく――何回も何十回も……。

とうとう動けなくなった身体を引きずるように隅の水場へ這っていったが、どうやら吐いているようだった。あげくに柄杓《ひしやく》に汲んだ水は、じっと見ている親方へ、次は横綱へ――そして、自分はのみもしないで、また、ほかの力士へぶつかっていった。

「たいへんな稽古ですねえ」

見ていた人が思わず声をかけると、若い関取はケロッとして答えた。

「稽古しなけりゃ、どんどん落っこっちゃうからね」

楽をしていては、いまの地位がたもてないということである。ピチピチした身体に闘志満々――小気味のいい相撲をとるけれど、力士としては大きい方ではない。三役に定着するためには、ただひたすら、稽古をつむよりほかはない、というわけなのだろう。彼はそれから間もなく優勝し、とうとう大関の座を勝ちとった。

子供のときから血が足りない、と言われた私は、学生時代、体育の時間になると、いつも運動場の隅にしゃがんで見学していた。鉄棒にぶらさがるだけで眼がまわる、という情ない身体だったから仕方がなかった。私の相撲好きは、自分のあまりの弱さに呆れ果てたせいかも知れない。

決められた土俵の上で、鍛え抜かれた見事な身体の二人が、技を競って相手を倒す――土俵を割らなくても、足の裏以外のどこかに砂がつけば負け、というのも、いかにも潔い。いつだったか、名大関・貴ノ花関が、巨体の高見山関と組み合って、殆ど同時に落ちたように見えたが――大関の髷《まげ》の先が一瞬早く砂を掃いた、とかで、惜しい黒星になったことがあった。

巨体をゆする力士が、小柄な相手の技にはまって見事に投げられたりすると、テレビの前で思わず手を叩いてしまう。体重、身長の差にかかわらず、番付の位置やその場所の星の数にしたがって決める取組は、それぞれの技を競わせるもので、まことに公平で気持がいい。

ところが、それは日本人の感情であって――外国の人から見れば、肉体の差を無視した組み合せははなはだ不公平なやり方である、ということにもなるらしい。それぞれの国民性の違いだろうか。

新国技館の夏場所は、初場所につづいて、横綱・千代の富士関が優勝した。場所前、肩を痛めて稽古不足だった、というこの横綱は、千秋楽の二日前に十二回目の優勝を決めたあと、キッパリと言った。

「……まわりがズルズルとこけてくれたから、ころがりこんだようなもの――稽古不足で勝ったと言って安心しないよ、悪い癖がつくといけないからね。もっと稽古しなくっちゃ……また、どんどん稽古しますよ」

さすが――百二十キロそこそこの身体で横綱を張りつづける名力士の自戒

である。

　その日の相手、関脇・大乃国も、横綱の優勝に待ったをかけられなかったものの、観るものを堪能させるだけの力のこもった勝負をしたし、その翌日、横綱の全勝優勝を阻止した大関・若嶋津《わかしまづ》の相撲も見事だった。おかげで、千秋楽前に賜杯《しはい》の行方が決まってしまった味気なさが救われた。二人とも、稽古充分の噂どおりの頼もしさだった。

　昔は、名力士のことを、

「一年を十日で暮らすいい男」

と言ったそうである。

　ほかの競技がすくない時代、江戸中の人たちの血を沸かす大相撲の興行は、一年のうちたった十日間だけだったらしい。大力士たちは充分に鍛え抜いた身体と技を、その短期間の土俵の上で、惜しみなく競いあった、ということなのだろうか。

　いまは一年に六回の本場所である。一回十五日間だから計九十日ということになる。その間の地方巡業は稽古にもなるだろうけれど、ときには外国へもゆく。力士たちが体調を維持する苦労もさぞかし、と思う。土俵の上での怪我が多く、手足の繃帯《ほうたい》が目立つのも、無理ではないような気もする。

そうは思いながらも——観客が見たいのは、土俵に上った二人がせいいっぱいの勝負をする姿である。運、不運は誰にもあること——相撲に勝って、勝負に負けるということもある。必死の力をつくしたあげく、砂にまみれ、うつむきがちに花道を去ってゆくうしろ姿に、惜しみない拍手がおくられることも多い。

素人《しろうと》の私に、どうも納得出来ない勝負もある。注文相撲とか言うのだそうだけれど——力いっぱい突っこんでくる相手を、ヒョイとかわして勝つ……あのやり方である。

相撲の技は四十八手とその裏表ときいていたけれど、ほんとうはそのほかに何十手もあるらしい。肩すかしなどは、ごく普通の手の一つ——かわした方が利口で、かわされた方が不注意、ということにもなるだろう。たしかに、動きの速い軽量の力士が、その手で巨漢に勝ったりすると、なんとなく、弁慶と牛若丸を思いうかべたりして、微笑ましくなったりする。

けれど——時間いっぱい、悠々と仕切っていた大型力士が、行司が軍配をひいたトタンにピョンと飛び、勢いこんで出た相手がバッタリと前へのめって、それでおしまい……というのはどう見ても味気ない。勝ち越しと負け越しは、天国と地獄の違い——何とかして、あと二つ、白星が欲しい、と寝つかれない力士も多いことだろう。それにしても——ピョンと飛んで一つ、ヒョイとかわして二つ……あわせて四秒か五秒で、次の場所もご安泰というのでは、相撲好きはしらけるばかり……。たびたびその手を使う人が土俵にあがると、また今日も——という不信感が先にたって、つい、顔をそむけるようになってしまう。

もしかしたら、ひどい怪我をするかも知れない職業である。いつもいつも本気で身体をぶつけていられるか、適当にやらなきゃ堪らないよ……という力士がいても不思議ではないかも知れない。なるべく楽をして、適当に儲けて、せいぜい趣味を楽しむこと――それが現代人の生き方心得の第一ですよ、と一流商社につとめる青年が言っていた。

サラリーマンはそれでもいいかも知れない。会社の部品の一つなら、月給分だけ仕事をすれば、あとは個人の自由というわけ。しかし力士はそれでは困る。観客は勝星の数以上に、相撲の内容である。決まった土俵の上で、精魂こめて勝負を争うからこそ、見ていて手に汗をにぎる。相撲とは、そういう職業ではないかしら。華やかな人気に乗って、フンワリ、ノンビリ、優雅に暮らそう、というのは少々甘ったれすぎる。どんなに辛くても、仕事として選んでいる以上、職業意識をもってもらわなけりゃ……などと、老女優は生意気にも、テレビの前で溜息をついたりする。

そして、あげくの果《はて》に――俳優だって、職業として本気にやっている人は、なかなかたいへんなんですよ……などと余計なことを思う。

もし、土俵で小錦《こにしき》関と向いあって立ったとしたら、彼の鼻息だけでたちまち桟敷《さじき》へ吹きとばされてしまうようなひ弱な人でも、強い武士の役になれば、馬に乗って野山をかけまわり、何十キロもある重い鎧を身につけて、長い刀や槍を振りまわさなければならない。不得手な歌や踊りを特訓されることもある。どうしても出来なければ、選手交替。しかも「花のいのちは短くて……」一年ごとに衰える顔や身体をかばうためには、趣味もほどほど——自分で自分をキッチリ管理する職業意識をもたなければ——いつの間にか消えてしまうということである。

そう心がけてはいても——短い時間に沢山の台詞《せりふ》をおぼえる技術は去年より今年の方が下手になる。ことにこのごろは方言ばやり——北海道から沖縄まで、それぞれの土地の言葉をなに気なく自然に話さなければ……。

四国の松山を舞台にしたNHKテレビ「花へんろ」で、百貨店を切りまわす商家の老母役をした私と、近くの芸妓屋の女将《おかみ》役の加藤治子さんとは、昔馴染みである。彼女が東宝撮影所の可愛いニューフェイスだった頃、よく、私のうしろについてあるいていた。

その後、お互いに縁がなくて、一緒に仕事をする機会がなかった。たまに治子さんの舞台を拝見しても、楽屋へは訪ねなかった——公演中のおしゃべりは、相手の迷惑になる。

今度こそドラマの間にゆっくり話が出来る、と顔寄せの日に手を握りあって喜んだのに……二人が一緒に出るシーンは終り近くにたった一度——私が彼女の家へのりこんで大喧嘩するところだけだった。せめて、その日を楽しみに……という言伝《ことづ》てを、化粧係の人からきいて、嬉しかった。

当日の夕方、彼女が私の隣りの控え室にはいったのは気配でわかったが、そのままシーンと静まり返って——声もない。

ほかの場面に時間がかかり、私たちの出場《でば》は夜更けになったが、スタジオで顔をあわせた治子さんは、軽く会釈しただけで、余計なことは一言も言わなかった。

やっと——松山弁で罵りあう大喧嘩が無事に終ったトタン、ヒャーッと大声出して、二人で抱きあった。

「ごめんなさい、とってても話したかったたんだけど——口をひらくと、やっと覚えた松山弁がどっかへ逃げていっちゃいそうで……」

私も同じ気持だった。お互いに、そんなちょっとした職業意識のおかげで何とか仕事をつづけていられるのかも知れない。

それにしても——今や世代交替の時代である。丈夫で永もちというのは、ほんとうに価値のあることだろうか？　と私の心情はゆれている。

「お元気ですか?」

十年ほど前、よんどころない用事があって、ある百貨店の九階の書籍売場へ行ったときのことである。ギッシリ並んだ本棚の前には殆ど人影がなく、シンとしていた。

買物をおっくうがる方なので、デパートへゆくこともめったになかったけれど——こんなに静かなのは、多分、平日の午後のせいなのだろう……そう思ったトタンに、うしろの方で、ワーッと大ぜいの笑い声がきこえた。

びっくりして振り返ると、ずっと向うの反対側のコーナーは黒山の人だかり——せまい売場に五、六十人も集まって、互いの肩をよせ合うように立ちつくし、じっと誰かの話に聞き入っている様子は、なんとなく異様な感じさえした。

「新しい健康器具を売り出した会社の店員が説明しているんです——あの通り、毎日たいへんなお客さまで……」

書籍係の主任さんが小さな声で言った。

「なにしろ、この頃は健康ブームですからね。健康器具に健康食品……身体《からだ》にいいとなればどんどん売れます。たいした景気で——こちらはとても太刀打ち出来ません」

そのために本が売れないわけでもないだろうに……なんとなく恨みがましく聞えて、おかしかった。

「じゃあ、こちらもそのうち、どうすれば健康になるかっていう本がどんどん売れますよ、きっと」

「それなら有り難いんですがねえ……」

その溜息にかぶさるように、また、どよめきがきこえてきた。向うの販売人はなかなかの商売上手らしかった。

あの日——初めて、健康ブームの実態を見た私は……この波は、これからどんどんふくらんで、やがては誰も彼も押し流してしまうのではないだろうか……フトそう思った。そこに集まっていた人達の半分は老人のようだったけれど、あとは働き盛りの男性女性、若い学生の姿も見えた。その人たちをふくめて、世間の人のほとんどが、何をたよりに生きていったらいいのか――さっぱりわからないような不安な時代になりつつあった。

高度成長のかけ声に押されて、夜も日もなく働いたのに――景気はどうやら頭打ちになってきた。夫婦、親子の関係も昔とはガラリと変った。たとえ狭くとも、わが家はわが城などと、安らいでいることが出来なくなった。結局、頼れるのは自分だけ……だから、絶対に健康でなければならない。ちょっとやそっとでは倒れないような身体が欲しい。そのためならどんなことでもやってみよう――その思いがだんだん嵩《こう》じて……自分の身体を大切にすること、それだけが、信じられるたった一つの生き甲斐である――そんな気になってくるのも無理はない。そのころ、「健康の秘薬・紅茶きのこ」というものが、効くとか効かないとか、それぞれの家に騒ぎを残して消えていったのも、その一つの現われだろう。

いまや、健康ブームは日本中をすっかり包んで大きくふくれあがっている。きびしい訓練を重ねたマラソン選手の競技は私たちを熱狂させるが、一方、素人のための大会も全国あちこちで開催され、その度に何千人の老若男女が競って参加している。街ではジョギング——真夏の太陽、冬の寒波にもめげず、自動車の排気ガス、土埃の中でも、ただひたすら走っている。健康のためには多少の無理はがまんがまん。楽しみながらの身体づくりというので、エアロビクスの会も方々にあるし、ピカピカの器具を備えたトレーニングクラブは全国に五百近くもあるらしい。

出版界でも健康のための本は、売れゆき上々になった、という話である。新聞雑誌をひらけば、「あなたをもっと逞《たくま》しい身体にするための器具」とか、「理想の身体に変身出来る薬」というような華やかな広告が目白押し——製造メーカー二千社と言われている健康食品について、「ほんとに効くのか、効かぬのか」などの論争もあとをたたないようである。

私も――健康は何にもまして大切なことと思っている。病気勝ちでは、一緒に暮らしている人に気の毒だし、自分も辛い。第一、女優業はつとまらない。

そのことはよくわかっているのに……私は、健康のために特別なことは何にもしていない――あきらめているからである。生れつきひ弱な私が今更どうあがいても、とび切りの健康体になれるはずがない。こうして喜寿を迎えられただけでも運がいい、ということである。まあ、齢なりにその日その日を動いていられればそれで結構――それ以上はのぞめない……だから、のぞまない。

そうは言っても、多少はそれなりの努力をしなければ、やがて寝たきりになるかも知れない。拒んでも逃げても、老いはヒタヒタと進んでくる。去年は、竿を片手に庭の梅の下に立ち、葉がくれの青梅を上手に落としたのに――今年は、上を向いたトタンに尻餅をついてしまった。朝ごとにいれるお茶の味は自慢なのに、今朝は袖口がさわって折角の夫の湯呑を倒し、新茶のかおりだけが残った。

「ごめんなさい、やっぱり齢《とし》ねえ――」

　などと、一応溜息をついたりするけれど……ほんとは、あんまり嘆いてはいない。永い間、たっぷり使った老女の手はくたびれている……だからときどき、ほんの一センチ五ミリ――つまり五分《ぶ》ほど手許《てもと》が狂う、というだけのことである。わが家の敷居も、五十年あまり雨戸を走らせてきたせいで、この頃は少々ささくれてきた。どんなものも、年月と共に多少こわれてゆく方が親しみがある。散らない花、腐らない食物――いくつになっても呆《ぼ》けない老女など、可愛げがないからねえ……などと口の中でそっと負け惜しみを言ったりする。それにしても、どうしたら、このくたびれた身体を、上手に動かしてゆけるかしら――などと考えながら……。

　行きつけの美容院の先生が、夫の注文の安全剃刀《かみそり》をとりよせておいてくれた。西ドイツのゾーリンゲン製である。

「よく見てごらんなさい、ホラ、そこのところ、すこし曲っているでしょう……」

ほんとに——刃をはさむところが、何ミリか傾いている。どうして？　こんな？

「この方が剃《そ》りやすいんですって……永年の研究の結果だそうですよ」

なるほど——夫は早速使ってみて、以前のものより具合がいい、と喜んでいる。見かけはスマートとはゆかないけれど、剃り心地がよければ、結構。

私の健康保全も、これからはゾーリンゲン方式にしよう——見た目はどうでも、自分にあった方法だけを探せばいい。

テレビ局のメイキャップさんが、いつだったか言ったことがある。

「沢村さんは、いつも、元気がよすぎるほどでもないし、悪すぎるほどでもないから、私たちも気をつかわないですむんです」

よかった——年寄りの張り切りすぎはお互いに疲れるし、愚痴っぽいのはお互いにくさる。ものごとすべて、ほどほどがいい。

局の廊下ですれ違う俳優さんはたいてい、ニッコリしながら、私に言う。

「お元気ですか？」

こちらもその度に、

「エエ、まあ……なんとなく……」

などと――笑顔で答える。

とにかく――元気でなければ、役者はつとまらない。わが家の庭の尻餅は、ご愛敬ですむけれど、スタジオで転んでは醜態。ドラマの進行に従って、キッカケどおり、サッと立ち上れなければ――私のマネージャーは、いたんだリンゴを売った果物屋さんということになる。なんと言っても年代ものだから、新鮮なはずはないが、せめて、少々熟しすぎ――くらいでなければ、売りにくいだろう。

足腰についての私のゾーリンゲン式鍛練法は……家の中の掃除である。朝起きるとすぐ、前かけ、たすき姿で古い木造家屋の重い雨戸を順ぐりにあけてゆく。固くしぼった雑巾を十本ほど、からバケツにいれて、あちこちのホコリをふきとる――そのくらいが、私にとって丁度いい運動ということである。

ただし、前の日、忙しすぎたりして、疲れが残っていれば……怠ける。不完全主義だから、決して無理はしない。弱い身体も、いたわりながら使えば、かなりもつということ。それに、ちょっとした故障ぐらいはゆっくり休めば自然に治る、と子供のときから教えこまれたから、薬らしいものは殆どのまない。風邪をひきそうだと思ったら、見たいテレビもやめて、熱いうどんでも食べて宵寝《よいね》をすれば翌朝全快。その程度の体力を維持するために、毎日の食物には気をつける。

「そのお齢まで一度も大病なさらないのは何故ですか？　私にも教えて――ね、何故？」

胃腸が弱くて、去年は二度も入院した、という中年の女優さんに、じっとみつめられて……なんとなく、申し訳ないようで、

「そうねえ……エサのせいよ、きっと――自分の身体にあう餌を、自分で調合しているせいじゃないかしら……」

などと、ついふざけた言い方をしてしまうけれど——それは、ほんとうのことで、事実私は、毎日の食事には気を配っている。

大体、子供のときから血が足りない、と言われていたのに、お新香でお茶漬サラサラが大好きで——肉類はどうも、のどを通らず、母にやかましく言われてイヤイヤ食べたのが、鰹《かつお》の中落ちの煮つけ、焼きとり少々、ぐらいだった。

いろいろあって——映画女優になる羽目になったとき——これからは、牛肉も豚肉も食べよう、と自分に誓った。身体が丈夫でなければ役者はつとまらない——肉は嫌い、などと気ままを言っていられる身分じゃないのだから……と、われながら悲愴な決心をしたものだった。五十年も昔のこと——若かった。

嫌いなものをむりやり口に押しこむだけでは栄養にならないことはわかっていた。一体どこが嫌なのかしら——まな板の肉をみつめて考えた。見た目？　匂い？　味？　さいわい台所仕事は小さいときから仕込まれていた。

ああでもない、こうでもないと頭をひねり、煮たり焼いたり叩いたり――辛子や生姜、好きな野菜をまぜたりしたおかげで、なんとか美味しく食べられるようになった。疲れ易い私が、女優という、かなりの重労働を今日まで大過なくつづけてこられたのは、半分以上、こうした食物のおかげ、と感謝して、いまもせっせと台所に立っている。

平和のおかげで、近頃はお料理の大家の素敵な本が次々と出版される。ズラリと揃えて、ひまさえあれば読みふけっている。それにしては、わが家のお惣菜は少々お粗末かな、と、ときどきは気がひけたりするけれど、これもまた私の、ゾーリンゲン式料理法よ――と、自分にそっと言いわけをしている。

老人夫婦は食が細い。何をこしらえるのも少量だから、どうしても味が落ちるが、大盛りでは、見ただけでおなかがいっぱいになってしまうのだから、仕様がない。こぎれいな器に少しずつ、フンワリと、色やかたちを考えて盛りつければ――美味しそうな、と眼で食べる。毎日の変化は何より大切。いくら、とび切りのご馳走だからと言って、今日も明日も出されては、げんなりする。齢とともに、好物も変ってくる。

「あなた、これ好きだったじゃないの、だから思い切って買ってきたのに……」

などと、恨みがましい声は出さない。飽きるのは人間の本性である。二、三日おいて、姿かたちをかえた上、食卓の隅にそっと並べておけば、いつの間にか、お皿がからっぽになったりする。

とにかく、健康のためには、いろんなものをバランスよく食べるのが何よりらしい。近頃は三十種類ぐらい食べるようにと言われるが、何やかや、手まめにお惣菜をこしらえれば、けっこう、そのくらいになってくる。

食欲をそそるためには温度も大切。生ぬるい冷や麦、冷えた焼肉などは論外だけれど、年寄りがしらけるのは、ついこの間まで食べていたいかやあわびがどうしても噛《か》めなくなったときである。このごろは、大好きなお新香も、きざみ方がだんだん、こまかくなってきた。

先週、三十年来、私の歯を治療して下さる先生のところへ行ったら、

「ま、今度は、この残っている歯をもうすこし生かしておきましょう。いよいよ駄目になったら、何十年も保《も》つ、立派な入れ歯をこしらえます。当分は大丈夫ですよ」

と言われ、びっくりして……先生を見上げた。

「何十年なんて……そんな――それじゃ、入れ歯だけ残っちゃって……」

先生も、私の齢に気がついたらしく、ちょっと照れて――大笑いになった。

私たち夫婦がいまも食事を美味しく食べていられるのは、この先生のおかげである。

「歯は、いくら治療しても、新品にはならないんですから……気をつけて下さいよ」

ほんと、その通り――さすがの名医も、新しい歯を生えさせて下さるわけにはゆかない。健康を願いすぎて、ないものねだりはするまい。新しいものに新しいよさがあるように、古いものには古いよさがある。あんまり丈夫す

ぎてピンシャンしていては、昔、楽しかったことを思い出すゆとりもなくなる。

さあ、今夜はぬるめのお風呂にゆっくりはいり、糊のきいた敷布の上に手足をのばした。明日のためにぐっすり眠らなければ――それにしても、近頃、世間には何という猛々しく浅ましいことが多いのだろう。眼をつぶり、耳をふさぎたくなるような事件ばかり……。

さあ、みんな忘れて、やさしい穏やかな夢をみよう――。

いつか読んだ本の中にこんな箴言《しんげん》があった。

不求、不急、悠々不休。

孤独・つまずく老人たち

去年、テレビドラマで私の孫息子の役をしたOさんは大の小鳥好きである。

「……僕が小学生の頃から飼っていたカナリヤは、十二年、生きていましたよ」

「え？　十二年？」

私は思わず聞き返した。小鳥がそんなに長生きするなんて……Oさんがよっぽど優しく面倒をみたのだろう。

背中の黄色がくっきり冴えて、いつも、ウットリするほどきれいな声で鳴いていた、という。

「十年すぎると、さすがに鳴かなくなりましたけどね——齢《とし》をとりすぎて、鳴く力がなくなっちゃったんですねえ……」

可愛らしい眼も白く濁って、餌や水のおき場所もわからなくなったらしい。両脚の指が一本ずつになってしまって、とまり木にものれず——籠の底にじっとうずくまっていた。それでも、Oさんがソーッと掌《てのひら》にのせて、小さい嘴《くちばし》をひらかせ、自分の指先にチョッピリつけた餌と、耳かきですくった水を流しこんでやれば、身体《からだ》中の力をふりしぼって、ゴクンと飲みこんでくれるのが嬉しかった……。

「そんなカナリヤがね、もう一度、鳴きはじめたんですよ」

衰えきった姿が哀れで、もう、小鳥を飼うのはやめよう、と思っていたのに——十二年目に、友達から譲られた文鳥の籠を、そのとなりに並べる仕儀になってしまった。

その日一日——若い文鳥が元気に羽ばたく気配や元気のいい鳴き声を、じっときいていたらしいカナリヤの……様子が変った。精気がよみがえったとでもいうのだろうか。動かない翅《はね》を必死に動かし、出ない声を出そうとするように嘴を大きくあけるさまは、見ていて、なんともいじらしかった。

そして翌日、

「……鳴いたんですよ、とうとう……声はすっかりしゃがれていましたけれど——でもやっぱり、カナリヤらしい鳴き方でした」

ふりしぼるような、その声に——しばらくキョトンとしていた若い文鳥も……仲間がいると気がついたのだろう、

「アラ、こんにちは、今度こちらへ引っ越してきました、どうぞよろしく」

とでもいうように、首をのばして隣の籠をのぞきこみながら、明るい声であいさつをする様子。そして、すぐ、それに応えるような先輩のしわがれ声が、何とも嬉しそうにきこえたのだった。

そんな——すこしチグハグだけれど、慰めあい励まし合うような合唱が何日かつづいたあと——老カナリヤは、その永い一生を終えたという。その話をするOさんの眼は、心なしか、うるんでいた。

「……でも、とにかく最後に力いっぱい鳴いたんですからね。よかったと思っています、若い鳥をそばにおいてやって——齢をとるとひとりじゃ淋しい

んですよねえ、鳥だって、獣だって……」

そうよ――たしかに。この小さい地球の上にホンの一瞬の生命を与えられているのだもの――生きとし生けるものは、みんな、それぞれに淋しい、と思う。

いつだったか――テレビドキュメンタリーで、何処《どこ》かの猿山《さるやま》の生態を映していた。永い間、仲間の猿を外敵からかばうことで、その集団のボスとしての威厳を保っていた猿が、齢とともに力が衰えてきたらしい。ある日、突然、暴れん坊の若猿にさんざんに痛めつけられ、その席を奪われてしまった。管理する人の手で、すこし離れた山裾《やますそ》の小さい檻《おり》に隔離されたときは、瀕死の重傷だった。

その檻の鉄格子の前に、一日中、じっとたたずんでいる年寄りの猿は、その母親だ、とナレーターが言っていた。ところどころ毛の抜け落ちた母猿に、息子を助ける力があるとは思えないけれど――その老いた顔や身体に、わが子をいとおしむ優しい情が溢れている、と――私には見えた。その気持が通じたのだろうか……檻の隅に無惨な姿で倒れていた元ボス猿が、フッと顔をあげ必死に身体を動かそうとした——格子の外の母親に、すりよるように……。

その親子がそれからどうなったか——わからない。私がその一シーンをいまもはっきり覚えているのは、たとえ一瞬でも、互いの気持を通じ合うことが出来たということ……それだけでも、この猿たちはしあわせだった、と思うからである。

二、三年前「淋しいのはお前だけじゃない」(脚本・市川森一)というテレビドラマがあった。人と人との心のふれあいに風刺のきいた、洒落《しゃ》た人間喜劇だった。

たしかに——人間はみんな淋しい。私のように単純な老女でも、なまじ、あれこれ見聞きすることが多いだけ——ほかの生きもの以上に淋しさが身にしみるのではないかしら。

学者の説によれば……宇宙には一千億にものぼる銀河があり、その一つ一つに一千億個からの星があるらしい。太陽はその中の一つの星にすぎないし、我が地球は、そのまわりをまわっている惑星だそうな。

もうすでに、四十五億年も自転していると言われるその小さい地球のどこかで、瞬間、生命《いのち》の灯《ひ》を燃やしつくすのが人間、ときくと……何だか胸が痛くなってしまう。せめて、その短い時間を、同じ地上に、同時に生きるもの同士——（ご縁がありますねえ）などとお互いに慰めあい、いたわりあうことが出来ないものだろうか……日増しに老いる身の侘しさから、つい、そんな優しさを渇望してしまう。

冷たい世間の波風にふりまわされ、心も身体も疲れ切った人にとって、何よりの薬は、まわりの人からそそがれる愛情である。

知人のM子さんは、お舅《しゆうと》さんが気の毒で堪らなかったという。永年つとめた小学校の校長をやめてからも、いつもキチンと背筋をのばし、すこし厳しいけれど、清潔な生き方をしていたのに——黙ってより添っていた老妻に先立たれると間もなく——いわゆる、呆け老人になってしまったからである。

故郷の家をたたみ、都会で勤めている三人の息子が順番に面倒をみることになったが、三男の家へおくられてきたお舅さんは、終日、うつろな眼をして、じっと坐っているだけ……息子夫婦や孫の見分けもつかなかった。

（とにかく……出来るだけ話しかけよう）

M子さんは、手まめに、きれい好きだった舅の身のまわりの世話をしながら、笑顔を絶やさなかった。

「おじいちゃんは、こうやって、毎日身体を拭いて下着をかえるのが好きでしたよね」

「おじいちゃんは、夏は浴衣《ゆかた》がいい、って言っていらっしゃったわね、こういう風に帯を結んで……とてもお似合いだったわ」

半月ほどの間に、すこしずつ舅の顔がやわらいでくるのを見て、夫も娘も、なにかにつけて声をかけるようにした。

晴れあがったある日、縁側にうずくまっている舅のそばで、M子さんは洗濯ものにアイロンをかけながら、

「アラアラ、この浴衣、糊がつよすぎたのかしら、なんだか裾が曲っちゃったわねえ、おじいちゃんがちょっとこっちの端を押えて下さると助かるんだけど――でも、そんなことお願いしちゃ、わるいわねえ」

チラッと見上げたお舅さんの頬にポッと赤味がさしたような気がしたが――やがて、すこしふるえる手をのばしてソッと浴衣にさわったのだった。

「アラ、おじいちゃん、手伝って下さるんですか……おかげでホラ、うまくたためるわ、どうもありがとう、すみませんでした」

すっかり嬉しくなったM子さんが、くり返し礼を言うと――おじいちゃんがフッと笑った。そして、その日から、眼に見えて、正気に戻った。

三カ月の滞在期間がすぎても、おじいちゃんは三男の家にいた。この頃では、M子さんが雑巾がけをしていると、バケツの水をかえてくれたりする――明治男は決してそんなことをしなかったのに……。家族に喜ばれる、頼りにされる――その嬉しさがこの老先生の淋しさを救い、生きる自信をよみがえらせたのだろう。

この頃、「豊田商事」の強引な商法のために被害をうけた人たちの話が、毎日のように新聞雑誌にのっている。同系の会社がほかにもいくつかあって――訪問販売のかたちをとり、手持ちの財産をふやしてあげると言葉たくみにすりよって、金やダイヤ、ゴルフ会員権を売りこんだ。一度契約すれば預かり証一枚をわたされるだけで、現物の金やダイヤがどんなものか、ゴルフ場がどこにあるのか、契約者にはわからない。

被害者の半分以上が六十歳より上で、何がどうなるのかハッキリわからないまま、永い間コツコツ貯めたいのち金を根こそぎ投資する始末になり――あとで気がついて、慌てて解約を申しこんだ人たちもあるけれど、まるで相手にされなかったようである。

「だます方も悪いけれど、だまされる方もうかつすぎる。財産がそんなにドンドン殖えるわけはないのに……」

「欲張りすぎてやられたのよ、死に欲ってほんとにこわいみたい……」

吸いあげられた金額のあまりの多さに呆れて、第三者たちはしらけた顔で

つぶやいたりした。げんに私も――ハンカチを眼にあてたまま、豊田商事の閉められた扉の前にションボリたたずむ老女をみて、

（世間の裏表をよく知っているはずの齢なのに――何故、そんな口車に……）

と、そのやせた肩をゆすぶりたいようなもどかしさを感じたものだった。

けれど――いくつかの記事を読んでゆくうちに、だまされた人の殆どは、欲呆けなどには縁のない、やさしいお人好しの老人たちだということがわかった。敵ははじめから、そういう人たちに狙いをつけたようである。

この会社が大ぜいの社員をつかって詳しく調べあげたお客さまの中では、

「小金を持っていて、単純な人の好い老人で、一人暮らしか、または、家族の中で孤立し勝ちな状態……」

そういう相手を最上とした、という。

その、目指した人にどうやって近づくか――その人達が大切に抱えている定期貯金や債券をどうやって解約させ、投資させるか――高給につられて入

社した新人たちは、その方法を徹底的に教育されたらしい。
四、五日前に乗ったタクシーの運転手さんから、こんな話をきいた。
「……女房の妹が、新婚一年で未亡人になっちゃったんです、亭主が交通事故にあって……知り合いの紹介で、何にも知らずに、例の豊田商事にはいって、ほかより月給が高い、って喜んでいたんだけど——あんまりえげつない仕事でびっくりして……一と月《ひ》でやめちゃいましたよ」

そういう若い女性には教育係の上司が、こまかく指示したという。狙いをつけた老女が買物などに出かけるのをみすまして、何気なく声をかけること——例えば、知人の家がどうしても見つからず、困り果てている、という風に、出来るだけ弱々しく、たよりなげな様子をすることを忘れるな……などと——。

このやり方は、憎いほど、老人の気持をつかんでいる。一応、住むところもあり、衣食に困るほどでもなし、外目には気楽な毎日だけれど——仲のいい友達は年毎《としごと》に減ってゆき、息子夫婦から相談されるようなこともない。孫たちが賑やかに駈けこんでくるのは、お正月、お年玉を貰うときだけ……。穏やかだけれど、何となく満たされない淋しさがある。

そんなある日、思いがけず知り合った若い女性に誘われて一緒にお茶を飲み、身の上話をきかされて、

「おばあちゃまはどうお思いになる？　ご意見をきかせて頂戴。世の中をよくご存知なのですもの——いろいろ教えて……私、誰もたよる人がないんです……」

などと甘い声で囁かれれば、つい、初対面、という警戒心も消えてしまって……自分に出来ることがあったら、してやりたい、などと思ってしまう。

若い頃から贅沢一つしないで一生懸命貯めたお金を残らず渡してしまったのは——仕事の成績があがらないで、上司に叱られてばかり——というのが如何にも哀れと思ったからである。その代り、税金がもっと安くなるようにします、と言われれば——ほんとに親切な娘——と喜ぶだけで、他意はなかったらしい。

なんというあくどい商法だろう——この事件の実態をすこしずつ知ってゆくうちに、他人《ひと》ごととは思えない怒りがこみあげてくる。

「一々相手を気の毒がってちゃ、とても商売は出来ませんよ、こっちだって、食べてゆかなくちゃならないんだから……」

もし、そういってうそぶく人がいるなら……私は言いたい。

「だったら食べ方をかえたらいいでしょ。今は食べるものがあちこちにあまっているのよ」

銀座の料理屋裏をあさるネズミは、猫より大きく肥えているという。フスマや芋の蔓《つる》しかなかった時代とは違うのだから……。

この商社のグループには何千人もの社員が働いていたという。口先一つで善良な老人たちから多額なお金を吸いあげてきた——そのうま味を忘れることが出来るだろうか。二度と再び、こんな事件がおきない、とは言い切れないような気がする。人間の心のいちばん優しいところをねらってくいこむダニのような、この商法を、なんとかして、やめさせることは出来ないものか……。

なんとも住み心地の悪いご時世である。

情報性混乱症候群

その日、テレビ局の化粧室はなんとなくざわめいていた。半年あまり続いたドラマの最後のシーンがもうすぐ終る。誰も彼もが、ちょっと寂しく、ちょっとホッとしていた。

夕食のあと――私が髪をなおしてもらっている傍でレギュラーの若い女優さんたちが賑やかにおしゃべりしていた。

「私、明日、思いきってやるわ、バッサリ――こんなの、もう飽きちゃった」

E子さんが、房々と長い髪をまさぐりながら、鏡の中でうっとりしている。

「アラ、切るの？　じゃ私ももっと切ろう」

短い髪のT子さんも同じポーズをする。

「ね、S子さんも切らない？　切ろうよ、あんた、そのあたま、いやなんでしょ？」

夢中で雑誌に見入っていたS子さんが、やっと顔をあげた。

「うん、私、全然かえちゃうわ、こんなのもう古いわよ——演出さんがうるさいから我慢してたけど……」

そう言えば、この間、演出部の若い人と何か言いあっていたようだった。ドラマの途中で勝手にヘヤースタイルをかえられないことがある。色白でしもぶくれの彼女の顔を柔らかいウエーブでそっと包んでいるような髪型を、とても似合うと、私は思っていた。

「ね、ね——これ、いかすじゃん、見て見て……私、断然これにする」

ご機嫌でみんなに見せている雑誌の写真を、横からチラッと見た私は、

「ちょっと——それはどうかしら……」

つい、口を出してしまった。

短く不揃いに切った前髪をパラパラと額の上に逆立てて、両びんから衿足

隅田川続《すみだがわごにちの》を長めに刈りあげたその髪型は……まるで歌舞伎の破戒僧——不

俤《おもかげ》の法界坊みたい。その写真のモデル嬢はかなり特異な顔立ちなので、

思議な魅力があることは、私にも一応わかるけれど……。

「あなたはどちらかというと日本風の美人だから、こういうの、あんまり似合わないんじゃないかしら……」

そんな老女のおせっかいに、彼女はハッキリ首を振った。

「いいんです、すこしぐらい似合わなくっても。流行におくれるよりましですもの。売り出すためには時代の先端をゆかなくちゃ……この秋には断然これが流行するんですって——私、この雑誌、たよりにしてるんです」

目まぐるしい芸能界で生きるために、何かをたよりたい気持はわかるけれど——でも……。

「ね、それなら、あなたによく似合う新しいヘヤースタイルを自分で考えたら？　うまくゆけば、それこそ流行の先端をゆくことになるかもしれないわ、やってごらんなさいよ、面白いから……」

びっくりしたように私を見たS子さんは——もう一度、首を横にふった。

「だめです、そんなこと——誰もしていないことをするなんて……こわいわ」

「こわい？　こわいって——あなた」

たかが髪型を——こっちがびっくりした。彼女は小さい声でくり返した。

「出来ないわ——そんなこわいこと……」

呆気にとられて、E子さんを、それからT子さんを見た——二人ともそっとうなずいた、S子さんに同調するように——私は黙った。

あれから……もう五年になるかしら。

この間、本屋さんの店頭で、フッとあのときのS子さんを思い出した。

(彼女、困っているんじゃないかしら、たよりにする本が多くなりすぎて……)

ズラリと並べられた華やかな女性週刊誌は、いっせいに、この秋のヘヤースタイルについての記事をのせている。

「いま、すべての男性の眼を釘づけにするヘヤーはこれ……」「このスタイルこそ、あなたの魅力を三倍にする」「さあ、イマイあなたに似合うこのヘヤースタイルをどうぞ」

気の好《い》いS子さんは途方に暮れているかも知れない――どれを選んだらいいだろう、と。

それにしても、この両三年に発刊された雑誌の数は一体どのくらいだろうか。週刊誌、旬刊誌、月刊誌――新聞に広告される見出しだけでも、読み切れない。次々に洒落《しゃ》れた名前を考えるものだ、と初めは感心していたけれど――この頃はそれさえも覚えられない。各誌それぞれに、言いたいこと、知らせたいことの狙いがあることはわかっているものの――年ごとにすがれてゆく老女のあたまでは、どれがどれやらわからなくなって――どこが違うのかしら……などと呟いたりしてしまう。

しかし――とにかく、自分のまわりに情報が溢れているのは嬉しい。落ちついて暮らせる。世の中がどうなっているのか、まるでわからないのは、何とも心細い。

戦争中、兄の劇団と一緒に地方まわりをしていたが、旅館へつくたびに、

「申し訳ありませんが、ちょっと新聞を読ませていただけませんか？」

帳場へ行って、いつも頼んだ。情報に飢えていたからである。

けれど――やっと手にした薄っぺらな新聞にのっていたのは、どれも同じ「大本営発表」の戦勝の記事ばかり……。ほんとうのことなのだろうか？

信じられない。うす暗い部屋の電燈にそっとかざしてみたくなった。もしかしたら、記者さんが書きたいことがいくらかでも、すけて見えるような気がして……。

そのくせ、次の宿へつくと、また、

「すみませんが、新聞をちょっと……」

性懲りもなかった。

毎日おなかを空かして舞台をつとめるのは苦しかったけれど、新しい情報がはいらないのは辛かった。世間のことを知りたい、と思うのは、人間にと

ってごく自然の欲求らしい。

モノクロームにカラー……一家に二台のテレビが珍しくないこの頃では、早朝から深夜まで、あらゆる出来ごとがセッセと茶の間へ運びこまれる。

この事件についてのお知らせは、もうこのくらいでいいのではないか……頭の隅ではそう思っているのに――パチンとスイッチが切れないのは、弥次馬根性がちょっと強すぎるせいか、などと家人と顔見合せて照れている。茶の間でくつろいで見るせいか、ブラウン管にうつるものには、つい身近な親しみをもつことも多い。

先月、歯医者さんの待合室で、まっ白な髪をきれいに結いあげた品のいいお年寄りに出逢った。軽く会釈をかわしたトタン、パッと嬉しそうに笑って、

「まああ……あなた、有名人ですね、よく知ってますよ、うちのテレビでいつもおめにかかっていますもの、私、大好きですよ、あなたのこと――今日はいい日ですねえ」

八十七歳というその奥さまは――主治医に、あと十年は生きる、と言われ

たので、仕方なく、入れ歯をなおすことにした……などと楽しそうにおしゃべりをしていたが、やがて、迎えの人が来ると、
「ではおさきに――またおめにかかりましょう、ちゃんと見てますよ」
と優しい笑顔を残してゆかれた。次の出逢いはご自分の部屋のブラウン管――と決めているようだった。

たしかに、テレビが運んでくるさまざまな世間話は、老人たちの世界をけっこう明るくしてくれる。眼が疲れれば、ラジオもある。

ただ――その情報も、この頃のように入り乱れ、重なり合うほどの量になると、受け手の側は混乱する。どれを信じ、どれを選んだらいいのか――基準がわからない。
「みんなが言っている」「みんなが知っている」「みんなが――している」

世間中の人たちがそう思っているのなら、それが正しいのだろう、と信じていたら――そのみんなとは自分のまわりのごく限られた人たちだけで……しらけたりする。

「そんなこと、常識ですよ」

そう言われて慌てることもある。しかし——常識というのも、あんまりあてにはならない。

つい何年か前までは、子供のうちの誰かが親と同居するのが常識になっていたが、いまはどの子も結婚と同時に親と別居するのが当り前のようになっている。常識は変化する——おどろくほどのスピードで……。

冠婚葬祭のおつきあいから、ちょっとした心づけも気をつけないと恥をかく。戦後のはげしい貨幣価値の変動にふりまわされてきたせいか——私など、ともすると、お金についての見当が狂いそうになる。一束の葱の値段のあまりの高さに、クドクドと文句を言っていたら家人に笑われた。

「ま、仕方がないよ。払うお金もはいるお金もみんな水増しになっているのだから」

そうか——そう言えばそうかも知れない。両方とも0がふえているだけなら……払うお金は昔の勘定、受取るお金はいまの勘定——というのは、おかしい……。

とにかく、世間なみのことをしてゆくのはまことにむずかしい。

「自分が納得したことだけしていれば、情報にふりまわされることなんかない筈です」

そう言って胸を張る若い人がいる。たしかにその通り——私もそう思う。ただ、フッと心配するのは……納得するかどうかの判断の物差しが、その人自身の頭の中にある、ということ。もし、その物差しがちょっとでも狂っていたら、とんでもないことを納得することになってしまう。いつも、いろんな本を読み、他人の意見をきき——それを参考にして、自分の計器をきびしく点検していないと……まわりの人が困っている中で、ひとり得意満面というようなみじめなことになりかねない。思いこみは人間にありがちで——こわい。

では一体、どういう選び方をしたらいいのか——机の横の山積みの雑誌、書籍、幾種類かの新聞、テレビが絶えず伝えるニュースの前で……老夫婦はときどき顔を見合せる。

一切の情報から、かたくなに眼をそむけ耳をふさぐような味気ない暮らしはしたくない。しかし、僅かに残された人生を、その波の中でウロウロするだけでも哀しい。何をとり、何を捨てようか……。いくら考えてもわからないので——ごく簡単な選び方をするより仕様がなかった。

つまり——いまの私たちにとって、必要のないこと、出来ないことは、

「オヤ……マア……ソーオ……」

と、聞き流し、読みながすこと。

緑の森に囲まれて、絵のように美しいマンションのおすすめは、

「ヘエ、きれいだこと、ハイカラな家が出来ているのねえ」

と、眼の保養をさせて貰うだけでおしまい。年寄りには、古くても住み馴れた家がいい。別荘はたまに行っても、掃除と炊事で疲れるだけとわかっているから、欲しがらない。年をとると、必要のないことが多くなる。見事な指輪は指に重いし、名誉の勲章は肩に重い。

やりたいけれど、出来ないということも、どんどんふえてくる。

「なんという便利なものだろう……」

と感嘆の声をあげながら——絶対に操作出来ないとあきらめているのはコンピューター。明治ものの私たちは、どちらかと言えば真面目な努力家の方だけれど——今更、パソコンにしがみついてみても、能力的にどうにもならない。おそらく、その前に坐っただけでノイローゼになるだろう。

「二十一世紀はもうすぐ眼の前である。やる気のない人間は、その烈しい時代を生き抜くことは出来ないだろう」

なにかにそう書いてあったけれど——われわれはどっちみち、その頃はもういないのだから、心配してもはじまらない。ただひたすら、それらの精密機械の素晴らしさに、うっとり見惚《みと》れるだけにしている。

経済問題も、まるっきりわからないから、あきらめている。日本は、貿易上の黒字が多すぎて、アメリカだけでなく、ヨーロッパ諸国ともむずかしい関係になっているらしい。国民は協力するように——偉い人が言っていられる。たいへんなことだと思う。でも――私たちはその仕組みがさっぱりわからないからどうにも出来ない。ご苦労さまだけれど、その道の専門家にうまくやっていただくより仕様がない。わが家に出来ることと言えば、外国のお鍋を買うことぐらい――それで、堪忍していただきたい。

自分に出来なくても……見るだけで楽しいこともある。スポーツいろいろ――体操というものがあんなに素敵だとは、十八回東京オリンピックを見るまでは知らなかった。昨日はユニバーシアード神戸大会をみて、ドキドキした。世界中の人がそれぞれに鍛え抜いた技を競うのは素晴らしい(政治色抜きで……)。

今年の夏は、高校野球にうつつを抜かした。判官びいきで、弱い方をむきになって応援していると、世間の憂さをしばらく忘れる。

このごろのごひいきは幼児番組――そこには、大人たちが世知辛い世の中を右往左往しているうちになくしてしまった人間らしさがあって――快い。こちらがそろそろ、子供にかえる齢《とし》なのかも知れない。

とにかく――いまの自分にとって大切なものだけを選んでゆくことにしよう。多すぎる情報にイライラして「私に関係ない」などと、すべてに背を向けてしまうと――一番大事なものを誰かにとられてしまうかも知れない……平和という、かけがえのない宝物を――。

情報というのは、なんとも扱いにくい生きものである。

嫁との暮らし・あれこれ

「朝晩すっかりお寒くなりました。昨夜テレビで奥さまにおめにかかり、おなつかしくいろいろ思い出しました。私はおかげさまでその後のんびり暮らしております。娘や孫もときどき顔を見せてくれます」

足掛け二十年、わが家の手伝いをしてくれたMさんからの久しぶりの便りである。

つい近くのアパートから、いつもキチンと通ってきて手早く家事を片づけてくれるベテランだった。娘さん夫婦の近くへ引っ越すために仕事をやめてから、もう二年になる。ここまでは二時間あまり――ラッシュ時に電車やバスを乗りついで通うのは、さすがにちょっと無理だった。

「もう六十になりましたものねえ」

そう聞けば、ひきとめようもなかった。

「ほんとうは私も、あと三年くらいは働きたかったのですけれど……」

それが出来なくなったのは、住居の問題だった。高度成長以来、年ごとにあがるばかりの家賃は、だんだん、齢を重ねた女のひとり住居《ずまい》を拒むようになってきた。

Mさんは戦争未亡人である。旧制女学校を出てすぐ結婚。子供が生れると同時に夫は召集――戦死。乳呑児《ちのみご》を抱えて事務員から家政婦に……やっと高校を出した娘が結婚した時、初めて、しんから嬉しそうに笑った。

その後もMさんは働きつづけた。ひとり娘とひとり息子の新世帯《しんじょたい》である。近くに住む先方のご両親の手前もあること――娘に気を使わせまい、と訪ねるのも年に何度か……遠くから見守るのがお互いのしあわせ、というのが口癖だった。

その彼女が、還暦を迎えて間もなく、永い間住み馴れた小さいアパートを出なければならなくなった。家賃をおくらせたこともなく、掃除も行き届くと喜ばれていたのに……。

「でも、大家さんのご都合ですから……」

と、昔人間は素直である。

ひまをみては近くを探しまわったが、適当な部屋はなかった。立派なマンションは次々と建つけれど――とても住みきれない。やっと手頃な部屋をみつけても、申し合せたように、断られる。理由をきいて、私は苦笑するより仕様がなかった。不動産屋さんは、当然のことのように言うらしい。

「若い人は気軽に引っ越すから、その度に礼金がはいるけれど、年寄りは永く住みつくから困るんですよ。家賃をあげたくても、二年目ごとの契約更新まで待たなくちゃなりませんからね、大家さんはいやがるんですよ」

昔は、永くお借りしますと言えば、いい店子《たなこ》だと喜ばれたものだけれど……。

病気ひとつしたことがない、と言っても相手は、

「それでもあなた、六十でしょ。いつ転んで寝こむかわからないし、そんな

とき、誰が世話をするんですか……近所に親類でもいてくれないと、こっちが困りますからね」

とにかく――年寄りはだめと決めているらしい。老人がひとりで暮らせる公営住宅はないのだろうか――ときいたら、

「あることはあっても申し込みが多いから、まあ十年ぐらい待たないとはいれませんなあ」

とニベもなかった、という。

女ひとり――戦争のために夫をとられ、子供を抱えて働きつづけて……齢をとったら、いったいどこに住め、というのだろうか。「女、三界に家なし」という昔の諺は、いまも厳として生きつづけているらしい。

Mさんの娘夫婦が、近くの団地に売り部屋がある、と知らせてきた。古いけれど、しっかりしているという。Mさんは考えた末、思い切ってその部屋を手に入れた。四十年近く、本を読むことだけを楽しみに、つましく切りつめた暮らしをしてきたおかげである。

「これでもう、追い立てられる心配はないし……あとは自分ひとり、何とか食べてゆけばいいのですから……」

やっとホッとしていた。娘の家へも歩いてゆかれるらしいし、何かにつけて心丈夫に違いない。永い間の疲れをいやしたあと、きっとまた何か、生き甲斐をみつけるだろう。

私の親友——同級生のYさんにその話をしたらとても喜んでくれた。Mさんとも顔見知りだった。

「齢をとると、何といっても住むところが大切よ。若いうちは、親と子の家はなるべく離れている方がいいのよ、新世帯がそれなりに固まらないうちにむやみにゆききするのは考えものよ、お互いうっとうしくなるから。スープのさめない距離がいいと思うのは六十くらい——だからMさんは丁度いいわね。ところが、私くらいになると、今度は同居したくなるの——いつ動けなくなるかわからないし、心細くなるのねえ」

なるほど、そうかも知れない。私たちはいつの間にか、喜寿をすぎてしまったけれど、これからがたいへんだと思う。日本女性の平均寿命は八〇・四六歳だそうだからまだあと何年か残っている。よほど上手に生きてゆかないと、ひとからもてあまされ――自分もてあますことになるかも知れない。

　ほかの国の人たちは、年を追ってだんだんと寿命がのびたから、政府の方で高齢者対策をたてる時間もあったらしいが、日本のように突然、長寿者が増えたのでは、偉い人たちも困っているだろう。仕方がない――老人たちは自分で何とか生き方を考えなければ……。

　Ｙさんは三年ほど前、ご主人を見送ってから――ひとりには広すぎる住居を改築して、ずっと別居していたご長男の一家を迎え、自分は壁一重となりに暮らしている。

　おっとりとものわかりのいい息子さん、明るくやさしいお嫁さん、元気な孫たち――なんとも仕合せな毎日である。そして、Ｙさんのこまかい心づかいがその静かな暮らしをそっと支えていることも――永いつきあいの私にはよくわかっている。

もう七、八年も前から、彼女はよく私に言っていた。

「主人も何だか弱ってきたし、私も動けなくなってから、急に若い人に一緒に暮らしてくれと頼んでも無理よね。二世代が上手に同居するにはどういうことが大切かしら？　あなたはいろんなお姑さん役をやっているからよくわかっているでしょう？　教えて……」

たしかに、どの作者もみんな、家庭というものを鋭い目でみて、あれこれ、姑の姿をかいて下さる。人間同士の気持の複雑さ——姑と嫁のつきあい方には、老人と若もの——二世帯同居の秘訣がふくまれている。

「つかず、離れず——その気持がなにより大切なのじゃないかしら……」

老いる——ということは、なんとも寂しい。鏡にうつる自分の姿を見るたびに気が沈む。そんなうっとうしさを、サッと忘れさせてくれるのは——若い人たちのピチピチと張り切った肌、つやのある甘い声である。私にもあんな時代があった……そんな思いで心がなごむ。つい——いつもその人たちの傍にいたい、仲間にいれてほしい……とつきまとうことになる。二世代、三世代同居のいちばん大きい支障は、どうやらそこにあるらしい。

人それぞれ――どちらがいいの、悪いのということではない。ただ――この頃の世代の相違はおどろくほど大きい。若い人たちが、多少でも宇宙人的、新人類的だとしたら、昔人間が理解するのは到底無理なこと――ときどき、そっとふれあうのがお互いのしあわせというもの。老人世帯との同居のはじめに、息子や孫たちが、もの珍しさから優しくいたわってくれた、としても――そっと身をひいて、はじめから輪の中にはいらないことである。べったりは禁物。ときには孤独に耐える覚悟がなければ、一緒には暮らせない。

Yさんは改築のとき、玄関を別にした。小さい台所をつけたのも、朝と昼はひとりで食事をするためである。

「お夕食だけは、なるべく一緒にさせて貰うの。費用は話し合いで、お互いにまあまあと思うような額をわたしているのよ」

息子や娘に――チャンと教育してやったのだから親を養うのは当り前……などと決めつけるのはよくない。世知辛い現代では若い人たちの働きで、長生きする親たちの面倒をみるのはむずかしい。昔は親が財産全部を子供にゆずり、その上で世話をされることが多かったが、いまはそれも問題が多い。とにかく、同居するにはそれぞれのふところ工合についてよく話し合うことが大切である。

「親子の間で、お金の話など水臭い」

などと顔をそむけていると――あとの嘆きが大きくなる。

二十年近く前、私の姉のところに三男夫婦が同居していた。姉の夫は物理学者――若い二人もそれぞれに物理の教師をしていた。経済的なことはお互いに充分相談していたので問題はなかったが、子供を産んだ若妻が教職に戻るとき――予定していた保育所に断わられて、とまどった。家族構成をきいて、

「祖母がいる家の子はあずからない」

つまり、姑が育てるのが当然ということだった。結局、彼女が学校へゆく日は姉があずかり、姉が身障者運動や民俗学の勉強で忙しい日は近くの、彼

女の実家へあずけることになった。働きものの実母は、喜んで外孫の世話を引きうけたが——娘から、保育料として一日五百円を渡されてびっくりした。そして、それが姑の案で、若夫婦も賛成した、ときいて、ひどく嘆いたらしい。

「お金を貰って孫の守りをするなんて——世間の人がきいたら、なんというだろう」

たしかに、その頃としては珍しかった。しかし、このシステムは間もなく、姑、嫁、実母の間で定着した。働く嫁は親たちへの気兼ねがかなりへったし、現金収入のない親は——孫のあめ玉代に不自由しないことに気がついたからだという。

月給日になると、若い女教師はノート片手に姑の前に坐り、

「ええと——今月はお姑《かあ》さんが十二回で六千円、実家《さと》の母が五日で二千五百円……母もこのごろ、機嫌よくうけとるんですよ」

と明るい顔でお札をかぞえていた。二人目が生れて彼女も専業主婦になり、

やがて近県へ引っ越すまで、この方法はつづけられ、二世帯同居はかなりうまくいっていたらしい。

「あの人たちの部屋がどんなに散らかっていても、たのまれたとき以外、掃除したりしなかったのよ、それもよかったようね」

姉は、あとでそう言っていた。働く嫁の手助けを、という善意がヘンにこじれて、プライバシーの侵害などということになっては、姑の方も泣きたくなる。

昨日、Cさんが Yさんと連れ立って遊びに来て、ひとしきり、同居談義に花がさいた。彼女も私の仲よし——同級生である。

「姑と嫁も苦労して成長しなけりゃねえ」

彼女は昔からサッパリと明るい人だったが、早く夫に死に別れ、ひとり息子を生き甲斐に働きつづけた。その子が可愛い娘と結婚したときはほんとに大喜びだったが、しかし——どうも互いにうまがあわず、結局、息子の転勤を機会にずっとひとりで暮らしてきた。

「その間に、世間をよくみて勉強したの、上手に同居する方法をね――七十の手習――齢をとると不思議に眼が見えてくるのね」

最近、家を改築しての二度目の同居は、なかなかうまくいっているらしい。

「うまくゆかせているわけよ、嫁も利口だから、あれこれ見聞きして考えてきたのね。お互いに、ほどよい距離で立ち止まるのが上手になったわ。まあ年の功で、私の方が一足先に適当な場所を見つけるように心がけているけどね」

若い人たちが、困っているらしい……と気がついても、自分の方から――どうしたの？　何なの？　などと近づかない。うるさい年寄りよりは、冷たい年寄りの方が、向うも助かるはず――よくよく困れば話にくるだろう、とおっとりかまえているという。

「そうね、若い人と一緒に暮らすためには、キチンとしたけじめより、モヤッとした柔らかい空気が必要なのよ。ものも言いよう――私たちはいい齢をして、すこしテキパキしすぎるから気をつけなけりゃ……」

「そうそう――そういうところがある」

下町育ちの老女三人顔見合せて苦笑した。

「電話をかけても、いきなり用件を言うものだから――時候のあいさつぐらいしたらどう……って昔伯母に叱られたわ、たしかにあれは当りさわりのない潤滑油の役目をする」

「だけどまさか、家の中で、いいお天気でございます、とも言えないわよ」

「いいえ、言えるわよ、ホラ、朝、お早う、のあとに一言――今日はいいお天気で気持がいいね、ってつづければいいのよ。そうするとおかしなもので、野菜の煮ものにお砂糖一さじ、ちょっと入れたみたいに、味が柔らかくなるってわけよ」

Yさんの言うとおりかも知れない。あんまり気をつかいすぎて、ヘンに可愛いおばあちゃんになってもお互いに気持がわるいけれど――自立心が強すぎる人ほど、とかく苦労が多いようである。

「とにかく長生きするのもたいへんね、お互いにいろいろ話し合いをしましようよ」

親友二人を送り出したあと、私はしばらくボンヤリしていた。震災から戦災――苦労のあげく、運よくこうして生き残っているものの、これから先がむずかしい。

（若い人と暮らすためにはほかにどんな……）

さっきのつづきを考えているうち――フト気がついた……私には子供がなかった。

日当りのいい庭先で、家人が菊の手入れをしている。今年は見事な花が咲いた。

さて、今日のお夕飯は……お好きな天婦羅に、腕をふるうことにいたしましょう。

（お願い――長生きして下さいね……）

感涙と号泣と……

「ウァー」「ウォー」「ヒャー」

ブラウン管いっぱい……十五人の大学生が汗と涙にまみれて泣き叫ぶアップが、次から次へ映し出された——これはTBS特別企画「七〇万個！ドミノ倒しに挑戦」の後半。自分たちが悪戦苦闘して立てたドミノが、怒濤のような速さで倒れてゆくさまを、じっとみつめている若人たちは興奮しきっていた。

（……人間て——こんなに盛大に泣けるものだったのかしら）

私はテレビの前で思わず息をのんだ。中でも、大粒の涙を流しながら手放しで泣く女子大生たち——気取りも見栄もぬぎ捨てた、その人間らしさが観ているものの胸を打って——いっそ、見事だった。

「単なるドミノ倒しではなく、青春のドラマになりました」担当プロデューサーはそう言っていた。私も、そのとおりだと思った。

ドミノ倒しは、いわば一種の遊びである。格別、意義のあることとは言えない。しかし、この大学生たちは、自分たちがすると決めたことに全力をつくしたらしい。殊更に暑かったこの夏――決められた広い室内で七十一万八百九十九個のドミノを、自分達の設計どおりに立ててゆく作業は、簡単なことではなかったに違いない。微かな風にも影響されるために、一切の冷房をとめ、すべての窓をしめて、室温五十度の中の苦行を三十五日間つづけたという。その間の合宿生活には、些細なことでイライラする日もあったかも知れない。しかし、この青年たちは、とにかく耐えて――そしてやり遂げた。その満足感が、あれだけ涙を噴き出させたのだと思う。たとえそれが一つの遊びであっても、困難な作業をやりとげたあとの涙は――甘く、温かい。

長い間、願っていたことが叶ったとき、思わず流す涙もまた――熱く、快い。プロ野球の試合で、阪神タイガースが二十一年ぶりに優勝した。ファンはみんな、夢中で黄色いメガホンを振りまわして、泣いた——若い女性も中年の男性も……。人間たちの心の中まで、いつも優しく冷たくみつめているイラストレーター・山藤章二さんも「……決して泣くまいと思っていたのに泣いた」という。その記事を読んで、こちらまで、フッと胸が熱くなった——格別、虎ファンということもなかったのに……。

ニュートラ族だろうか——慌てて覚えたらしい「六甲おろし」を声張り上げて唄っていた高校生の男の子が言っていた。

「なんてったって今日は最高——こんなに永く騒いでいられるんだもの、ディスコよりずっと安いよ、そいでサァ、大ぜいで抱きあって泣けるんだから、すっごくいいよ、みんな、仲間だもんナァ……」

なんとも嬉しそうに、若い頰をベトベトに濡らしていた。

何かにつけて、息苦しい現代である。一流学校、一流会社——エリートになれないものは落ちこぼれの組に入れられ、あちこちの固い壁におでこをぶつけることも多いだろう。この子らの涙は、どうやら圧しつぶされた若いエネルギーの捌口《はけぐち》というところだろうか。

なにかの機会さえあれば——思い切って泣きたい気持は誰にもあるらしい。小学生の私が、子役をしていた弟の付き人をしていた頃——毎日毎日、満員の客が揃ってすすり泣きするのを見て——どうしてあんなに皆、泣きに来るのか……ふしぎだった。

ところが——後年、「三人の母」という新派の芝居を見ていたとき……我ながら呆れるほど泣いてしまった。生みの母、育ての母、義理の母の争いに、オロオロした子役が舞台の正面にペッタリ坐って、

「わたしは誰をお母さんとよんだらいいのでしょう！」

などと、可憐な声を張りあげると——もうダメ。こんなわかり切ったお涙頂戴ものなんかバカバカしい……などと頭の中で批判していても、涙はただもう流れるばかり——しかもなんとなく甘く快い気持なのだから……おかしい。

そう言えば、荒畑寒村《あらはたかんそん》著『寒村茶話』の一節に、堺利彦先生の面白い思い

出が書かれていた。いつも歌舞伎の芝居を散々にけなし……脚本は支離滅裂、劇というものではない、などとけなしておられたが……

「そのくせ、先生と一緒に芝居へ行きますとね、子供の出る幕などでは、おかしいほどオイオイ泣くんですよ」

合理主義者だから……主君の身代りにわが子を殺すような不自然な話は性に合わなかったのだろう、と寒村先生は言っておられる。私も、きっとそうだと思っていた。

けれど——本当にそれだけだったのだろうか？　この頃、フッとそんなことを考える。

堺先生ほどのお人でも……心の隅には、やっぱり、知的な光のささない「情の泉」のようなものが、そっとひそんでいたのではないかしら——そして、何かのはずみに、その泉が波立つと、溢れた水が涙になって、ついホロホロとこぼれ出るのでは？　などと、ひとり、勝手な想像をしている。

単純な下町女の私の泉には、いろんな思い出が流れこんでいて、それがときどき、さざ波をたてたりする。

ついこの間も、大正時代のドラマのセットで、ライト待ちをしながら若いスターさんに、昔の浅草・六区の賑わいを話しているうち……フト涙ぐんでしまった――近くの酒屋に奉公していたけんちゃんを思い出したからだった。

その頃、私とおないどし――十三か四の、小柄で色が黒くて、鼻の低いその子のことを、旧著『私の浅草』の「藪入り」のところで、私はこう書いている。

「けんちゃんは……きかん坊で明るくて――やかましい旦那にどんなに叱られても、ケロリとしていた」

一年にたった二度の公休――藪入りの日には、眼玉の松っちゃんこと、尾上松之助《おのえまつのすけ》の活動写真を見るのを何より楽しみにしていたが、「本当はその帰りに汽車カツドウを見てくるんだ」と、翌日、うちの台所へお醤油を届けにきたとき、小さい声で私に言った。そのカツドウ館は、ルナパーク（明治末期、浅草公園内にあった娯楽場）の隅にあった。

「そこには古い三等車の客車が一輛おいてある。客はガタガタと左右に揺れるその座席に腰かけて、前方の映写幕にエンエンとうつされる、畠の中の二本のレールだけを見るのである。それ以外になんの風景も出てこない単調なものなのだが、けんちゃんは、そこに坐ると、そのまま、遠い秋田の母親のところへ帰ってゆくような錯覚が起きて、「……ちょっとだけ、泣いてくるのさ」と、照れくさそうに舌を出してみせたことがある。〈汽車活動〉の座席は、藪入りの日は満員だったらしい」

この話をするたびに私は胸がいっぱいになって、つい、涙をうかべてしまう——その味は、すこし苦い。

この間見たNHKの「森が危ない・謎の雨が森を襲う」は眼にやきついた。三百年かけてつくった西ドイツの美しい黒い森が、酸性の雨のために急速に枯れてゆく様子は、見ていてゾッとするようなものだった。

その森の一部をなんとかして守ろうと、必死に働いている老人が——フッと、枯れかかってきた若木を見つけて、思わず立ちすくみ、やがてハンカチで眼を押える姿——その悲しみは、私にも伝わってきた。こうして地球の森がだんだん滅びてゆく……これはもう、どうにもならないことなのだろうか！

熱い怒りの涙に打たれたのは、バンコックのニュースを見ていたときだった。

交通妨害になる、と路上の物売りを禁止してまわる警官たちに、十二、三の少女が必死に抗議していた。

「私たちはこうやってゆくよりほかに生きようがない——うちには家族がおなかをすかして待っている。物を売るのがいけないというなら、泥棒するより仕様がない。泥棒しても逮捕——花や新聞売っても逮捕なのか——泥棒と同じにするなんて……あんまりひどいじゃないか！」

広い道路いっぱい、身動き出来ないほど混み合っている車の間に立って、夢中で叫びつづける女の子の頰に、とめどなく涙が流れていた。

アメリカの人たちはあんまり泣かないのだろうか？　あの国のことは殆ど

知らないからわからないけれど——ニュースで見たかぎり、すくなくとも、男の涙は嫌いらしい。

かなり人気の高い政治家が選挙運動の最中、妻の毛皮のコートについて、スキャンダラスな噂をたてられたという。まったく身におぼえのないことだ——とテーブルを叩いて釈明するうちに、興奮のあまり、不覚にも涙をこぼしたそうな。

結局、毛皮についての疑いは晴れたようだが——彼は落選した。有権者たちは、

「あのくらいのことで泣くような男には、とても我々の権利の為の戦いは出来ない」

と、眉をひそめたという。

同じことが、もし、日本で起きたら——当の政治家に、かなりの票が集まったのではないだろうか……この国の有権者のほとんどは、大の男が思わず流す涙に心をゆさぶられるだろうから。歌舞伎芝居では昔から、強くて偉い

立役《たちやく》が、ついに耐えきれずに顔を覆って身をふるわすシーンが、大きい山場になっていた。そこへくると、客席はすすり泣きと拍手でどよめいたものである。

日本人が涙を好むのは――まさかこの国の湿度の高さに関係があるわけではないだろうが……とにかく、ことあるごとに新聞雑誌に、涙という字や写真が氾濫している。

大横綱・北の湖の断髪式の記事に、あるスポーツ紙は「涙のない横綱」という大きい見出しをつけていた。そこには、泣かなかった元横綱の潔さを讃えながら――なんとなしの物足りなさが漂っていた。

たしかに――涙は絵になり、記事になる。花のような娘さんの澄んだ眼からホロリと落ちるのは、真珠の珠《たま》。その年の活躍のご褒美に大きいトロフィーをうけとる若い歌い手たちのその一瞬を、大ぜいのキャメラマンが息をひそめて待っている。

何年か前――ある連続ドラマの、最後の撮影が終った日……私は、主役の可愛い女優さんに付き添って記者会見をした――そのヒロインのモデルは、私だったから……。

その席が、思いがけずしらけたのは、どうやら、彼女があんまり明るく、ケロリとしすぎていたせいらしい。

なんとなくいらだった古顔の記者さんが、

「半年もつづいたドラマがとうとう終ってしまったのに――あんた、平気な顔してるね、ちょっとぐらい悲しくないのかね」

こんなとき、主役の新スターは、花束のかげで泣き濡れるのが、ごく普通のパターンだった。しかし――彼女は、

「別に悲しくはありません、私、この役から解放されるのでホッとしているんです、なんとなく重荷でしたから……」

美人で、頭のいい現代っ子――撮影の間も一生懸命、その役に取りくんでいたのだけれど――この答えは、すこし正直すぎたと思う。

「へェ、なるほどね、泣くなんてバカバカしいってわけか……」

と記者。私は慌てて言葉を添えた。

「なにしろ、モデルの私が、泣かない娘でしたからね――つまり、この人は、役になり切ったってわけなんですよ」

誰も笑わなかった。会話がとぎれて、立ち上った若い記者のひとりが、すれ違いながら、

「泣かない女優なんて、可愛げがないね」

私が一足おくれて部屋を出ると、廊下を曲ったところに、彼女がじっと顔をそむけて立っていた――さっきの元気がない……。

「どうしたの？　気にしない、気にしない」

うしろからのぞき込むと、大きい眼が濡れていた――勝気なお嬢さんの、口惜し涙だったと思う。芸能界というところは、ほんとにいろいろむずかしい。

私は泣きべそだけれど、自分のことに限っては、あんまり涙をこぼさなかった。多分、もの心つくとすぐ、母に、

「女の子は泣いちゃいけない、何でもじっと我慢をおし——泣いてるとご飯の仕度がおそくなるよ」

と、くり返ししつけられたせいだと思う。たしかに——そう言う母の泣き顔を一度も見たことがなかった。銀行がつぶれて、やっと貯めた小金がすっかりなくなったときも、溺愛していた末っ子が出征したときも——黙って台所で煮物をしていた。

それだけに、やっと帰還した弟の新築の家に引きとられてからは、毎日、ほんとうに嬉しそうだった。

その母が八十歳になったとき、弟が朝早く私のところへ電話してきた。

「……昨夜、夜中に、母さんの部屋で何か音がきこえるような気がして、そっと行ってみたら、母さんが、蒲団をかぶって泣いてるんだよ——ちょっと傍にゆけないくらい、ひどく泣いてるんだ、とにかく、すぐ来てくれよ——どうして泣いたんだかわからない……」

大きな身体のわりに気の弱い弟はただもうオロオロしていた。

けれど——私がいそいで駈けつけたとき、母は隠居所の日当りのいい縁側で、のんびり、足袋を繕っていた。その機嫌のいい顔を見て——昨夜なぜ、弟がおどろくほど泣いたのか——聞きそびれた。

多分、老い先の短かさをフト思った母は——長い間、心の奥の「情の泉」にたっぷり溜っていた涙を、きれいに洗い流しておきたくなったのだと思う。

私もいつの間にか喜寿をすぎた。そのうちにきっと——そんな気持になるかも知れない。

一億総グルメ？

このところ、なにやかや仕事が重なって忙しかった。齢《とし》のせいか、こんな日がつづくと、つい、台所仕事にもおちが出る。

久しぶりの休みに、さて、掃除をしなければ……と冷蔵庫の前に立つと——その上にメモが何枚も重なっている——毎朝、書き損じの原稿用紙の裏に走り書きしておく「今日の献立」である。その晩か次の日に大学ノートへ清書しておくのが、もう永年の習慣になっているが……時間に追われると、どうしても溜ってしまう。今度は十一枚——こんなことは珍しい。襷《たすき》をかけたまま、食卓の前の椅子にかけて、ノートをひろげた。

ともすれば、同じことを繰り返してしまう毎日の食事に、せめてなにがしかでも変化をつけたくて書き始めたわが家の「献立日記」も、もう二十六冊になる。仕事を持つ主婦のちょっとした思いつきが案外便利なことに気がついたのは一年後である。近頃は、こうして書くこと自体が、まるで「生きてきた証し」のような気がするから……おかしい。

（あれから、もう十一日もたった、ということね、こうやっていろんなものを食べて……エーと、あの日の夕食は……）
○芝えび、貝柱、うす切り牛蒡、さつま芋のかき揚げ
○ひじきと油揚げの煮つけ
○春菊のおひたし
○とら豆の甘煮
○里芋と柚子のおみおつけ
○食後の果物――りんごと柿
その翌日は、ビーフカツを主菜にして多少洋風に――また次の日は、すずきにほうぼう、野菜いろいろとりまぜての魚ちり……と、なんとか工夫をしている。

栄養学の上からみると、一日三十種類ぐらいのものをとる方がいいそうである。分類の仕方はよく知らないけれど、わが家の朝晩の食事には、案外、そのくらいの材料を使っているようである。

朝食は、その日の暑さ寒さ、お天気や身体の工合によって、パン、ご飯、おかゆなどと変化をつけているけれど、サラダはいつも必ず、冷蔵庫の野菜を手当り次第刻んで色よく盛りつけ、手製のマヨネーズやドレッシングを添えてたっぷり食べることにしている。

(いつごろから、こんなサラダを食べるようになったのかしら……)

フト思いついて、二十年前のノートをひろげてみると、チャンと書いてあった。

朝食――パン、牛乳、玉子の目玉やき、サラダ――レタス、リンゴ、人参、胡瓜、セロリー、トマト

そう言えば……永い戦争がやっと終ったあと、夢にまでみたいろんな野菜がどうにか手にはいるようになったときから――ずっと食べつづけていたの

だった。

（……あの頃の野菜はおいしかった）

不意に――昔の味を思い出した。

（そう……たしかに、どれもみんな――ほんとにうまかった）

（ウエストがキュッとくびれて背中がちょっと曲って、プンといい匂いのするヘボ胡瓜――ゴツゴツしていて、みてくれはすこし悪いけれど、ほのかな甘味のあった人参――そのまま、思わずかぶりつきたくなるような真赤なトマト……それから――それから……）

（ああいう野菜は、一体どこへいってしまったのかしら！）

ホンのひとつまみの塩を添えるだけで、それぞれの味が楽しめたのに――何故、みんな姿を消してしまったのだろう？

ＮＨＫＴＶ「食べものふしぎ？ふしぎ！」を見ていて、ドキンとした――画面いっぱい見事に熟れた赤いトマト……。

（ああ、ここにいたのね、私の好きなトマト――こんなの食べたいわ……）

けれど、それは廃品だった。大きいトラックから凄い勢いで吐き出されているものはすべて——ゴミとして捨てられているのだった。

つやつやと赤く光って柔らかく、たっぷりおつゆがあって種子《たね》の多い完熟トマトは——商品にならないという。規格どおりの重さと大きさ、青くて固くて水気のすくないものだけが、一つ一つ選ばれて、きれいな箱に丁寧に並べられ——市場へおくられる。冷暖房完備の立派なハウスの中にズラリと並んだ苗……ホルモン剤をかけられて実を結び、炭酸ガスで育てられた青いトマトは——なるほど、わが家の食卓にのるものと同じである。自分たちの口にあうように、あれこれ工夫したマヨネーズやドレッシングなしには、ちょっと喉をとおりにくいような……美しいけれど、まことに素ッ気ない味の——トマトである。

ブラウン管に、青首大根の山が映されたときも——溜息が出た。むかし、全国に百種以上もあったという、太くて固い大根は、もうほとんど、どこでも作られていないらしい。甘くて柔らかくて、「風呂吹き」にしても、「おでん」に入れても……なんとなくたよりない青首大根の種だけが、野菜の種子を売る会社のドル箱商品として、まるで金庫のような大きい部屋に、丁重に保存されている。

大根おろし――けずりたての花かつおをたっぷりのせ、お醤油をちょっぴりたらし、炊きたてのご飯の上にのせて……ホロッと辛いあの味は――もう、口には出来ないのだろうか――私は大好きなのに……。

「どうして、こういうことになったのでしょうか？」

素人のそんな嘆きに、生産する側の人たちは、多分、しらけた顔で答えるだろう。

「みなさま、、、がお好みになるものをこしらえなければ――売れませんから……」

そう――たしかに。みなさま、、、が喜んで買ってくれるものを、手早く大量にこしらえなければ、商売にならない――そこまでは、単純な私にも、よくわかる。

でも、それなら……どうして、大ぜいのみなさまが、同じものばかり求めるようになったのだろうか？　人それぞれに個性がある以上、食べものの好みも相当に違うはず……それなのに、この頃はすべて同じようなものばかり——すこし大げさな言い方をすれば、人参も胡瓜も大根も、色こそ違え、スラリと細い姿から、うっすりとした甘味まで、どれもこれも似たようなもの——最新流行の、軽薄短小の好みは、とうとうここまで浸透したということかしら……。

うまいものを食べるだけが楽しみという老優が、この間も食堂でブツブツ言っていた。

「……人間の舌にはね、味蕾というやつがあって、そのおかげでものの味がわかるんだが——齢をとるとだんだんその数が減ってきて、しまいにゃ、うまいもまずいもわからなくなるそうだ、そうなっちゃ人間もおしまいさ。もっとも、この頃の若いもんは、年中、いい加減なものばっかり食べてるから、早いとこ味蕾が消えちゃって、いまからオール味オンチになってるよ、ホラ、あのスターをみてごらん――こんなまずい鶏料理をうまい、うまいって食べているんだから――まったくいやになっちゃう……」

何をうまがろうと、人それぞれの勝手だけれど……たしかにこのごろの鶏肉はお世辞にもうまいとは言いにくい。びっくりするほど大きい鶏舎にズラリと並んだ何万羽が、陽にも当らず歩きもせず――ただ、金網の間から首をさしのべ、ひたすら餌をついばんでいる姿は――うら悲しい。おまけに人間たちは、その餌にいろんな色素をまぜ合せ、鶏たちが産む卵の黄身の色まで、自由自在に変化させているときいては――鮮度や栄養価など、いったい、何を基準に判断したらいいのかと、途方にくれる。いままでは、

「黄身の色が濃いほど、いい卵」

そう思いこんでいたのに……。

（ほんとうに美味しいものを見つけるには、どうしたらいいのかしら？）

ほかの人たちは、どうしているのかしら……とまわりを見ると――おどろいた。

「一億総グルメ」

あちこちでいっせいに書きたてている——どうやら、最新流行の現象らしい。

そう言われればたしかに——自称他称の食通が街に溢れ、新聞雑誌は食べものの記事に大きいスペースをとり、見事なカラーページいっぱいの料理の本では、その道の達人たちが惜し気もなく大切なコツを披露している。テレビ局はそれぞれ知恵をしぼった料理番組を朝昼晩に組みいれて、有名人たちが作って見せたり食べて見せたり……どれも、まずまずの視聴率をとっているらしい。

スターが、自分のひいきの店、おいしいと思った店について一言語れば、そこにはたちまち客が溢れ、店主は嬉しい悲鳴をあげることになる。それならば……と思い切って間口を拡げた店では、まだ完成しきらないうちに、もう次へ移ってゆく客の波を、呆然と見送ることになったという。

その人たちは、一体、なにを求めているのだろうか？　ありあまる食べ物に飽きて、もっとほかに「本物」があるのでは？　と右往左往しているのだろうか？　「本物」って何？

誰でも、美味しいものが食べたい。うまいものをおなかいっぱい食べればしあわせになり、まわりの人に優しくしたくなる。数ある人間の欲望の中で、最後に残るのは食欲であるともいう。飢《うえ》に泣いた暗い戦争が終って四十年あまり、世間の人の関心が食物に集まるのは当り前のことかも知れない。

けれど――それだけで「一億総グルメ」騒動が起きたのだろうか？　どうもおかしい――私たちの心の中に、なにか、もうすこし、ほかの原因があるのではないかしら……。

いま、世間はともかく、一応、平和である。ほとんどの人が食物のほかに、着るものもそれなりにととのえ、狭いとはいえ、住むところも、とりあえずきまっている。不相応な欲さえおこさなければ、なんとか、暮らしてゆけるようになってきた。

それなのに――誰の心の中にも、一抹の不安が漂っているような気がする。

なんとなくイライラして落ちつけないのは何故だろう——もしかしたら、自分をとりまいているものが、近頃、急に変ってきたせいではないかしら？政治、経済の仕組みが日に日に方向をかえているのはわかっているけれど——それについては大方の人があきらめている。どう心配してもどうせ手が届かないのだから……とよほどのことがない限り、そっぽを向いている。しかし——ごく身近かな人間関係……夫婦、親子、友人や仕事場の仲間たちとの日常のつきあい方がすっかり変って、何かにつけてギクシャクするのは……耐えられない。誰がいいのか、誰が悪いのか——どうしたらいいのかよくわからないけれど……互いの心が通じあわないというのは、何とも辛い。

壮年は青年が——その青年は幼年が……互いに何を考えているのか、サッパリわからないと言う。老年はもちろん、最近出来た実年は大方「蚊帳の外」で、はじめから相手にされない。わびしい話である。同じ言葉をしゃべりながら、自分の気持が相手に通じないということは——まるで言葉のわからない外国にいるよりも、むしろ不安である。

「なにか——たよりになるものがほしい。なにか生き甲斐にするものはないだろうか……」

一億総グルメ騒動は、そのあげくの一つの現象のような気がしてくる。

「おいしいものを探そうじゃないか……街に溢れる食物の中で、ほんとうにうまいもの——本物をみつけてやろうじゃないか——」せめて、自分の味蕾をとぎすますことで、足許の不安を忘れたい……食物の話は罪がない——食通は誰にも愛される。

有名なフランスのレストランそっくりの店が都心にひらかれ、まず名士たちが招待された。同伴の小さい息子の為に白いタキシードを新調したという、ある夫人の言葉——

「美食は哲学です、本物を口にするときは、まず衣服を整えなければなりません」

つまり——おいしいものを食べるということは、神聖な行事である、ということだろうか。なるほど——そう言われれば、そうかも知れない。私なども、指折りの店で、立派な料理を前にすると……なんとなく威儀を正さなければ申し訳ないような気持になってくる。

うまいものは是非いただきたい——ただ、なるべく気楽に……と言ったら、食通の先生方に眉をひそめられるだろうか……。庶民の悲しさ——あんまりエチケットに気をとられると、かんじんのご馳走が喉をとおらない。肩の張らない場所で、服装にも気をつかわずに……となれば、結局、わが家の茶の間——ということになる。「毎度お馴染みの……」席にゆったり坐ってのお食事なら、少しくらい音をたてても、口を大きくあけすぎても——互いに気にしないし、気にならない。

齢とともに一日二食になってきた。一年七百三十回——どう欲張ってみても、これから先の回数は知れている。一カ月に一度、素晴らしい食事をするのは嬉しいけれど、あとの五十九回はただ、おなかがふくれるだけ——というのはわびしい。日増しに小食になっているから、うっかりまずいものに箸をつけたりすると、情ない思いをすることになる——口直しがきかないから……。とにかく、毎朝毎夕のものを大切にしなければ……。

「二人とも、口運（くちうん）がいいのね」

私の口癖を家人が笑うけれど——たしかに食物については運がいいと思う——辛い時代も生きのびたし、近ごろでは、なんとなく好物が手にはいることが多く、つい、相好をくずしてしまう。あやし気な素人料理も自分たちの口にあえば、それで結構。

「おいしいわね」「うん——まあな」

わが家の老夫婦はインチキグルメというところか——なにはともあれ、浮世の憂さを忘れよう、と毎日こんなことを繰り返している。

飽きた、棄てる、この世相

明け方まで降っていた細かい雨はいつの間にやんだのだろうか——遅い朝のやわらかい陽が縁側から射しこんで、家の中まで何となく春めいて見える。思いついて——食卓の布を緑色に替え、新しい器を並べた。パン皿、牛乳カップ、玉子たて、サラダの鉢——それぞれ二人分。白地に藍の濃淡のしゃれた花模様、ふちどりの金色が銀のスプーンと調和して、鮮やかである。

「ヘエ——こういうことになったの……なんとなく若返ったような気分だね」

家人が食堂の入り口に佇んだまま、ちょっと照れたように笑っている。私もつい、首をすくめてみせたりして……久しぶりに、食器を新しくとりかえただけでも、わたしたち老人は——ほのかなときめきをおぼえたりするから……おかしい。

　この日の朝食は、特においしかった。食後、新しい湯呑をつかって飲んだ煎茶もいい香りがして、二人とも上機嫌だった。

「今夜は、ご飯茶碗も新しいのにとりかえましょうね」

　どれも、私たちの喜寿を祝ってY女史から贈られた心づくしの品々である。彼女に、私の仕事の上のことをすべてまかせて、もう三十年あまり――永いおつきあいである。

「お祝の品としては、ちょっと世帯染みて気が引けますけど……毎日の食卓には変化が必要ですものね、第一、若さを保ってもらうためにも、古い……い、いい、一生もんばっかりでもね」

　そう言えば、彼女はこの夏、わが家で一緒に食事をしたとき、

「このお皿も、ずいぶん永いお馴染みですねえ……」

　などと、今更らしく眺めていたっけ。

　ほんとに――そう言われれば、わが家の食器類は、どれもけっこう長持ち

している。心もち茶渋がとり切れない皿小鉢もあるけれど、台所仕事に馴れている私はめったに傷をつけない。通いで手伝ってくれる娘さん——Eさんも、もう十年……この頃は、私よりも手際よく丁寧に扱ってくれる。

(……これも、すこし飽きたわねえ)

たまに、そう思うこともある。向きあって食事をしている家人も——多分、同じ思いだろうけれど——ことさらに何にも言わない。

(こわれもしないのに——古びたから、というだけで、再三とりかえるわけにも……)

古世帯の老女をチラッと見ながら、そんなことを思っているのかも知れない。この間、運よく——ご用済みになった食器の引き取り手が決まってホッとした。Eさんが親許をはなれて、わが家の近くのアパートへ転居することになったからである。ついでに、押し入れの隅にちぢこまっていたはんぱものの座蒲団や毛布も、

「おまけ、おまけ……」

と多少押しつけがましく、持っていってもらった。

それにしても――年寄りというのは、どうしてこんなに、身のまわりのものの始末に思い切りがわるいのかしら。格別、ケチというわけでなくても、どうも、永く使ったものをポイと捨てる勇気がない――つまり、なんとなく情がうつって、執着してしまうらしい。

この間も、着馴れたふだん着二枚を抱えてウロウロしていた。すこし派手めな縞《しま》お召《めし》も渋い大島絣《がすり》も――私のお気に入りだった。

(ふだんの暮らしこそ大切にしなければ……先が見えているのに、もったいながっている暇はない、せっせと着ましょう)

などと粋がって、毎日、その上にたすき前かけをして台所を走りまわっていたのはよかったけれど――なにせ相手はやわらかもの……間もなく、袖口は擦れ、膝は抜け――今更縫い直しもきかなくなってしまった。

「どうしよう――雑巾にもならないし、と言って、好きで毎日身につけていたものを、ゴミ捨て場に出すのも可哀そう」

そんな世迷《よま》い言《ごと》をブツブツ言っていたら、永い馴染みの呉服屋さんが、

「気持はわかります――私がいただいていってチャンと始末をつけましょう」

と引き受けてくれたので……やっと気がすんだ。昔人間が、身のまわりのものに対してこんなに思い切りが悪いのは、幼いときから、ものを大切にすることを、繰り返し、しこまれたせいに違いない。

「そんなもったいないことをすると、いまにバチが当るよ」

それが下町の大人たちの口癖だった。近所に困っている人がいれば、すぐに自分の財布の底をはたくのに――抜き糸一本、粗末にすると、眼にかど立てて怒る始末である。

女学校へはいったばかりのころ読んだ岡本一平画伯の漫画を、なぜか、時々フッと思い出す。

のちに画伯の奥さまになったかの子女史がまだお嬢さんの頃、二人で散歩していて、なにかの拍子に彼女が泣き出し、その涙をふいた、ま新しい白麻

のハンカチを、まるで鼻紙のようにポイと捨ててしまうところがあった。それを見た一平画伯が、かの子さんの子供のように無邪気で贅沢な一面に驚く――そんな話だったたと思う。

その時分の私は、手拭を半分に切ったものをお手ふきにしていた。やっとお小遣いを貯めて手に入れた、隅に刺繡のある一枚の木綿ハンカチを大切にしていた。毎晩、台所で洗って乾かし、朝、学校へ行く前に掌の温かみで隅々まできれいにのばし、キチンと畳んでふところに入れ、なんとなく満ち足りた幸せな想いでいっぱいだった。

かの子さんが惜し気もなく捨てた白麻のハンカチが、いまだに私の眼に残っているのは、多分、そのせいだと思う。

それにしても――欲しいと思っていたものがやっと手にはいったときの嬉しさは忘れられないもの――白いセルロイドの筆箱にも、私はそんな思い出をもっている。

女学校三年生のとき、関東大震災で私の浅草の家は全焼した。助かるためには、何にも持たずに逃げること——ときびしく母に言われて、鉄瓶と、三本のかつお節、いくらかの五銭白銅のはいった財布だけを持ったはずなのに、無意識のうちに白い筆箱をふところに抱えていた——らしい。三十何年かのちにそれを知ったのは、ＮＨＫのご対面という番組だった。震災後、しばらく私を下宿させてくれた同級生の妹さんが、その日、その筆箱を私の手の上にのせてくれたときは、驚きと嬉しさで、しばらくものが言えなかった。

うっすりと、ねずみがかった安っぽい鉛筆入れ……裏側には、たしかに私の名前がナイフで彫ってある。その右肩に、

「浅草小学校六年」

とあり、更にその上を一本の線でスーッと消して、左肩に、

「府立第一高女一年」

と彫り直してある。字は昔から下手だった。

父をやっと説きふせて、何とか女学校へはいったものの——新しい学用品を買う余裕はなかった。

（三年生になっても、まだ持っていたわけなのねえ）

なつかしい筆箱とのご対面が、その夜、私にいろんなことを思い出させてくれた。

（そう言えば――やっと買ったクリーム色の大切なパラソルが、ペンキ屋の坊やのそそうで汚されたとき――涙が出そうで困ったことがあったっけ……）

ほどほどの貧しさのおかげで、一つ一つ、身のまわりのものをいとおしむことを知って育ったのは――しあわせだった、と今も思っている。

収集家は、どなたもそのコレクションに対して強い愛情を持っていられる。その深い想いが他の人に理解出来ないのは当然かも知れない。集めたいと思いたった動機、その品々の歴史や価値――それを手に入れるための苦労は恐らく、誰も知らないだろうから……。

それだけに……その素晴らしい収集品が、愛をこめてみつめる持ち主の手を離れると――なんとも寂しそうに見えるのは、当然のことかも知れない。

二弦琴の家元だった私の叔母——父の妹が思いがけない交通事故で亡くなったとき、私はまだ学生だった。初七日のあと、華やかな女主人のいない居間に並べられた遺品の数々——なかでも、一時夢中で集めていた沢山の財布と煙草入れ……見事な佐賀錦、印度更紗、西陣織も金唐革《きんからかわ》も電燈の下で妙に白けて艶を失い——うら悲しく哀れに見えた。私が——あんまりものに執着しないのは、あの夜の思いが今も心の隅に残っているせいかも知れない。

(好きなものを集めてみても——人間はしょせん、消えてゆくのだから……)

つい、そんなことを思ってしまう。

年をとった人が、とかく空き箱や空き瓶をしまいこんだりするのは収集癖のせいではない。私も、よく家人に笑われるのだけれど、きれいなものや、しゃれたものはどうも、もったいなくて捨て切れない。昔は何を包むにも風呂敷を使っていたから、贅沢な入れものはすくなかった。それだけに、とっておけば、何かと役に立った。

「かわいいも、三年たてば役に立つ、って言うからね、捨てられないよ」

私の母は、小包みの紐を指先で丁寧にほどきながら、よくそう言っていた。

いまは——違う。中味はともかくとして、外側を美しく飾る過剰包装のおかげで、袋も箱も狭い戸棚にたちまち溢れ——とどのつまりは、溜息をつきながら、

「燃えるゴミ」「燃えないゴミ」

とよりわけて、ゴミ収集場にソッと持ち出す仕儀になる。

そんな無意味な作業を繰り返しているうしろから——若い奥さんが思い切りよく、衣類や家具を捨ててゆく。

「もったいない……まだ使えるのに——」

そんな老女のつぶやきなど、明るく軽くきき流して、

「いいのよ、これ、もう流行《はや》らないから——古いものを始末しないと新しいもの買っても置くところがないんですもの——家が狭くて、ホントに困っちゃうわ……」

たしかに、多くの人の住む場所は、そう広いとは言えない。それなのに——次から次へと、新しくて魅力のある品物が売り出されるから……ホントに、困っちゃう。

時代とともに「贅沢は敵だ」の標語が「消費は美徳」に変化して……店という店に、ハイカラでしゃれたものが溢れるばかりに積まれているから、若い人たちが眼うつりするのも無理はない。

大小無数の商社では、ひたすら売り上げをのばすために——毎日、中年も青年も……ときには実年までが上気した顔をこわばらせ、まるで主君の仇《かたき》でも討つように、エイエイオーとかけ声もろとも、鞄を抱えて走り出す。ウカウカしていると、生き残れないような恐怖におそわれながら……。

「奥さま、このイヤリングは、あなたのようなおきれいな方につけて戴いてこそ値打ちがあるんです——まだどなたにもお見せしていませんが、これから流行るものです、見事でしょ——いまなら、特にお値段も勉強しましょう……ほかの方には内緒ですが——」

去年、結婚したばかりの知り合いの奥さんが丁度帰宅したご主人にたしなめられて、それが買えなかった口惜しさを語っていた。

「どうして、私だけ欲しがっちゃいけないいんでしょう。日本人はいま、お金持なんでしょ？　外国との貿易で何百億も儲けている、ってテレビで言ってたわ——そりゃあ、そのお金がどこにあるのか、よく知らないけれど——主権者は国民だって、偉い人が言っているんだから、そのうちきっと私たちのところにもまわってくるんじゃないんですか？　主人の会社は小さいから、ちょっとおそいけど……」

ホントに——その儲けはどうなっているのか、私たちにはさっぱりわからない。

年が改まっても、ご主人のサラリーは一向にあがらないらしいけれど、彼女は可愛い耳に素敵なイヤリングをチャラチャラと鳴らしながら、嬉しそうな顔をしていた。

「カードのおかげよ、お友だちにすすめられたんだけど、とっても便利、かっこいいし——これからドンドン使うわ」
お金が手許になくってもカードがあれば何でもＯＫ。お得意さまとして、店の扱いも丁重だし、最高——と上機嫌である。
おばさまも如何《いかが》？　としきりにすすめてくれたけれど——古い人間は気が小さい。いくら便利でも、結局はお金を払うのだし、いい気になって買いすぎたら……どうしよう。彼女は、チャンと頭の中で計算していれば大丈夫と胸を叩くけれど——人間の欲というものはヒョッとした拍子にわくが外れて、とめどなくふくれ上ってゆくものではないかしら。
げんに——飽食の時代に生れ育った人の中には——欲しいものはすべて手に入れ、豊かに暮らすことこそ生き甲斐——と信じている人が多い。楽しい生活を買うために営利目的のアルバイトに精を出す学生。暮らしは一切親にまかせて、自分の給料は外国旅行のために貯金するＯＬ。クリスマスプレゼントはお金で頂戴という子供——しっかりしている、というより、チャッカリしていて肌寒い。

暗い戦争に散々いためつけられたあと――突然、高度成長の波にもてあそばれて、日本中の人がみんな、欲呆けになってしまったのだろうか……なんとも侘しい。

さて――老いの繰り言はもうやめにして、今夜はゆっくり、家人と夕食をいただきましょう……新しいお茶碗を大切に――愛をこめて……。

愚忙

「愚忙、愚忙……」

昔、話術の名手・徳川夢声さんは、よく、そう仰しゃった。

撮影所の昼休みなど、まわりに集まる俳優やジャーナリストたちに、

「先生ときたら、まったく年中お忙しいんだから、たいへんですよねえ」

とか、

「いやぁ、いつもお忙しくて結構です」

などと言われるたびに、フッと顔をそむけて、つぶやかれた。

「愚忙ですな――われながら……」

つまらないことに忙しがっているのだから、バカなことだ、と自嘲していられたのだろう。傍からみれば、自由気ままに生きているようだったが――

とても優しい一面があったから、つい、断り切れず、気のすすまない仕事に追いまわされることが多かったらしい。

世間では――忙しいということは有能な証拠であり、人間の値打ちを決める一つの勲章、と信じる傾向があるから、

「愚忙けっこう――私も忙しくなりたい」

などとうらやむものも大ぜいいた。

人気というものを何より大切にする芸能界では、忙しくない俳優は欲しがらない。いくつもの仕事を抱えて……本番以外は、本読みから稽古まで、すべて代役ですますくらいの売れっ子を揃えなければ、プロデューサーはその腕を疑われ、スポンサーもいい顔をしない。

そのあげく、スケジュールは幾度も変更され、しまいには、若いシナリオ作家は、

「A男とB子は、これ以上一緒に撮れる日がないから、喧嘩別れをさせて下さい」

「すまないけど、C君は途中で消してくれませんか、旅へゆくことになったんで……」

などと、無理な註文をつけられたりする。

それでも、俳優たちは、いつの間にかそのめまぐるしく変る流れに乗せられて、車で走るときと、衣裳を着かえる時間のほかは、食べることも眠ることも勘定に入れられない生活にも馴れ、むしろ、楽しくなったりする。

これは、そんな忙しさに明け暮れしていたあるスターのお話——全盛期も過ぎて、ゆっくり休めるようになったが……彼女は毎日、ただ、呆然としていた。読んだり考えたりする習慣もなかったから、何をしていいかわからず——ただイライラするだけだった。

久しぶりにもってこられたテレビドラマは主役ではなかった。新スターの姉というのはいかにも役不足だったけれど、演出家の、是非に——という言伝てに胸が高鳴った。

(きっと——新人の主役で困っているから、私に助けてくれ、というわけね……）

納得して、出演を決めた。

本番の日の朝——彼女はイソイソと車に乗りこんだ……ご飯とみそ汁のジャー、好きなおかずをいれたタッパー、お茶の魔法瓶まで、運転手兼任の付き人の若い娘にもたせて……。朝食をわが家ですますだけの時間の余裕はたっぷりあったけれど——彼女はそうした——つい一年ほど前のように……。

（あの頃は、いつもこうだったんだもの）

A局からB局へのかけもち——それが終れば映画の仕事で、撮影所へすべりこみ……食事をするひまもなかった。混み合う街を走り抜ける車にゆられながら、コップのスープをなんとか喉へおくりこみ、サンドイッチ片手に、膝の上の次の台本をめくる、あの慌しさ……。

（でも、ま、仕方がないわ、これがスターの宿命だもの……）

自然に胸のふくらむ、あの誇らしさ快さ——あの気持をもう一度、味わいたかった。

その朝は——何故か道路がすいていた。局の近くまで来たときは、予定表に書き込まれた到着時まで、まだ三十分以上もあった。

（……予定の前に着いて待ってるなんて、みじめったらしいわ、私は今まで、何時《いつ》だって待たれてたのに……）

付き人にささやいて、ソッと向きをかえ、近くの公園の裏へ行った。時間つぶしに食事をしたものの——とまっている車の中のみそ汁は何となく味気なく……気が沈んだ。

どうにか予定の時間が二十分すぎたのをたしかめて、局の前へ行った。

玄関に立っていた若い人が駈けよってきた——スタッフの一人らしい。彼女は微笑した。

「アラ——待ってたの？　悪かったわね、車が混んじゃって、動けなかったのよ」

若者は、彼女の言葉にかぶせるように、早口で言った。

「すみません、おたくの出場《でば》は今日は中止です、主役のQ子さんのスケジュールがまた変更になっちゃって……次の本番の日は、決まり次第、電話します——あのスターはめちゃめちゃに忙しいんですから仕方がないんです——じゃ……」

ペコンとお辞儀して、駈けだしていった。

彼女は一瞬、呆然とした。

（……ひまなものは、家で待ってろ、とでも言いたいの？）

涙がこみあげて——慌てて車にのった。

芸能界から姿を消したのはそれから半年ほどあとのこと——結婚したという噂である。

「女優はいいよねえ……そういう逃げ場があるもの——男優はそうはゆかないよ、ひまになったから結婚しよう、って思っても、その頃はもう、ご婦人たちは見向きもしてくれないや——わびしいねえ……」

盛りをすぎた美男スターの愚痴は、とかく、しめっぽい。どっちかと言えばお人好しで気の弱い人が多いのだろうか。

それにしても――その人たちは、とにかく華やかな一時期……胸のときめくような得意な思い出をもっているだけ、しあわせと言えるかも知れない。

Yさんは真面目な努力家で、うまい役者だ、とまわりの人に思われながら、何十年も下積みの脇役をつづけてきた。それがある日、巨匠の大作の重要な役に抜擢され、あちこちの新聞雑誌で好演と書かれてからはたちまち、引っ張り凧になってしまった。気のいい彼は、結局、いつも五、六冊の台本を抱えて走りまわる仕儀になった。何度か夫婦役をやった私も、永い間の辛抱の甲斐があったわね、と一緒によろこんだ。

ただ――小柄でほっそりしたYさんの身体《からだ》が、その忙しさに耐えられるだろうか……と心配だったけれど……初めて味わった売れっ子の妙味は、もう忘れることが出来ないらしく、やさしい顔をほころばして、言ったものだった。

「大丈夫、大丈夫……忙しいのは役者冥利、何よりの薬ですよ、おかげでほんとの生き甲斐っていうものがわかりましたよ」

心底嬉しそうだったけれど……三年目にロケ先で倒れた——過労である。病院の一室に半身不随の身体を横たえて半年あまり——友達が見舞にゆくたびに、

「……でも、ホラ、この通り、口はきけるんだ、セリフは言えるんだから、ラジオの仕事を貰えないかねえ、家内がついてゆくから、みんなに迷惑はかけないよ、話してよ」

その切ない願いもとうとう実現しないまま——いたましかった。

忙しさこそ生き甲斐と思いこんでいる人たちは、どこの世界にもいる。働き盛りの真面目人間——休むということは罪悪だという観念が心の底深くしみこんでいるサラリーマンにとって……いかに会社の規則でも、週休二日制はなんとも辛いらしい。悩んだあげく、「休日出勤許可願——」という手製の書類を上司に提出して呆れられた、というモーレッ社員の話を新聞で読んだ。「働きバチ」と笑われても「点数稼ぎ」とそしられても——自分の頭や身体をゆっくり休ませてやれない仕事人間が、どうしてこんなに多いのだろ

うか――そこまでしなければ、このめまぐるしい社会で、とても生き残れない、という強迫観念におそわれているのかも知れない。

『モモ』という本（岩波書店）を読んだ。時間どろぼうに盗まれた大切な時間の花を、人間のためにとりかえしてくれた女の子のふしぎな物語――西ドイツの児童文学作家ミヒャエル・エンデ氏のメールヘン・ロマン――美しい幻想的な童話である。

訳者・大島かおり氏は、この本のあとがきの最初に、こう書いていられる。

「時間がない」、「ひまがない」――こういうことばをわたしたちは毎日聞き、じぶんでも口にします。いそがしいおとなばかりではありません、子どもたちまでそうなのです。けれど、これほど足りなくなってしまった「時間」とは、いったいなになのでしょうか？　機械的にはかることのできる時間が問題なのではありますまい。そうではなくて、人間の心のうちの時間、人間が人間らしく生きることを可能にする時間、そういう時間がわたしたちからだんだんと失われてきたようなのです。このとらえどころのない謎のような時間というものが、このふしぎなモモの物語の中心テーマなのです。

場所は、どこかの国の大きな都会の南のはずれ――古代の円形劇場の廃墟である。近くに住む人たちは、ここへヤギをつれてきて草を食べさせ、子供はボール遊びをし、恋人たちはあいびきをしたりしていた。

ある日、モモという女の子がフトここへ住みついた――八歳なのか、それとも十二歳ぐらいなのか見当もつかないやせっぽちで、顔も手足も汚れてまっくろ――そして、これだけは素晴らしく美しい、大きくまっくろな目をもつ……おかしな子だった。

ここへ休みにくる人たちは親切だった。モモの姿をみると、みんなで相談して、男の人たちは、半分くずれかかった部屋を片づけて、小さな石のかまどや木のテーブルをこしらえてやり、女の人たちは古い毛布をはこび、子供たちは食べもののおすそわけをもってきた。モモと近所の人たちの友情はこうして始まった。

やさしい人たちの世話になって、モモはとてもしあわせだと思ったけれど——ほんとうは、この子がここに住みついたことが、街の人たちにとって、たいへんしあわせだ、ということがだんだんわかってきた。ふしぎなことに——毎日の暮らしの中の辛さや苦しさ、迷いなど、モモの前で話していると、スーッと消えていってしまうからだった。モモは、ただ、そこに坐って、大きな黒い目でじっと相手をみつめ、注意深く聞いてくれるだけなのに——しゃべっているものは、急に自分の気持がハッキリしたり、勇気や希望が湧いてきたりする。たとえば、

(おれの人生は失敗だ、こんな人間は生きたって死んだって同じことさ)

モモの前で、そんな愚痴を言っているうちに——急に自分が間違っていることがわかり、

(いや、おれはおれなんだ、世界中の人間の中で、おれという人間はひとり

しかいない、だから、おれはおれなりに、この世の中で大切な存在なんだ）
そう思うようになる。モモは、そういうふうに、人の話がきけるのだった。
本気で喧嘩している二人の男も、モモの黒い目で悲しそうにみられると――
ふしぎに心がなごんできて……とうとう抱き合って帰るようなことになる。
犬も猫もコオロギもヒキガエルも、いつの間にか、そんなモモにそっと話を
きいてもらう友だちになっていった。

……管理された文明社会のわくの中にまだ組みこまれていない人間、現代人が失ってしまったものをまだゆたかに持っている自然のままの人間の、いわばシンボルのような子ども……モモは、人間に生きることのほんとうの意味をふたたびさとらせるために、この世に送られてきたのでしょう。
（大島かおり氏）

ところが、モモを囲むそのしあわせな世界に集まる人が急にすくなくなっ

てきた。時間貯蓄銀行の灰色の紳士たちが、街のあちこちで活躍しはじめたからである。彼らは人間にとって何より大切な財産――時間を盗む、時間泥棒軍団のメンバーだった。彼らは街の人たちを一人一人、しつようにときふせる。

「他人がうらやむような財産を自分のものにして、有意義な人生を送るためには、すべてのムダな時間を節約しなければならない」

床屋のフージーは、そのために――睡眠をへらせ、動物や鳥を飼うな、母親とのおしゃべりなんかよせ、花をもって足の悪い恋人をたずねたりするのは、たいへんなムダだ……と、細かい数字をつきつけられ、とうとう、そのとおりにすることになってしまった。

街中の人たちが、こうして同じ病菌におかされて――お互いに口もきかず、ただバタバタと走りまわるようになり、家は立派になりお金はふえたけれど、生活は日毎《ひごと》にまずしくなり冷たくなっていった。時間とは、すなわち生活であり、生活とは人間の心の中にあるものだから――人間が時間を節約すればするほど、生活はやせ細ってゆくのだった。

たった一人——灰色の紳士の誘惑を退け、その説に立ち向った小さいモモが……時間をつかさどるマイスター・ホラの使者のカメにたすけられ——みんなが失った莫大な時間をとり戻し、誰も彼も、また、ゆったりとしあわせな毎日を楽しめるようになった——というお話。

人間がとかく落ち入りやすいあやまちを鋭くついているこの大人の童話を、一日中、夢中で読み耽った私は——ただ深い溜息をついた。

(ひとりひとりの人間に与えられたゆたかな時間を大切にしなければ……忙しさにふりまわされたり迷ったりして——私も美しい時間の花を失っているのではないかしら……)

「愚忙、愚忙……」

またあの言葉が、心にうかんだ。

狼に僧衣《ころも》

定刻をかなり過ぎて駈けつけたホテルの宴会場は――もう、人いきれでムンムンするようだった。各放送局のお偉方にまじって、男女スターがそこにも、あすこにも……その日の「励ます会」の主人公・Qプロデューサーの人気のほどを示していた。

とにかく、ご本人にご挨拶を――と同行のマネージャーY女史と、人波をかきわけるようにソロソロ進んでゆくと……眼の前に、マリン・ブルーというのだろうか、あでやかなスーツのうしろ姿――特徴のある華やかな笑い声は、ついこの間まで一緒に仕事をしていたX嬢である。相変らず、粋な格好だこと……。

(アラ……でも、これは?)

名だたるお洒落が——よっぽどいそいで来たのだろうか、上着の下から白っぽいワイシャツの裾が、たっぷりはみ出している。

注意してあげなけりゃ、と——そっとのばした私の手を、うしろからYさんがキュッとつかんで、耳許で囁いた。

「……何にも言わないで——最近の流行なんですよ、ああいう風にだすのが……」

へッ——そう……よかった、余計なことをしないで——さすが、永い間のつきあいで、彼女は私のそそっかしさをよく知っている。

いつかも、テレビの打ち上げパーティーで若いスターの髪がひどく乱れていたので、いそいでハンドバッグから小さい櫛を出し、

「髪がパサパサよ」

とそっと渡そうとしたら、

「いいんです！」

とツンと顔をそむけられてしまった。

あとでYさんにきいたら、あれが只今大流行の、

「乱れ髪ふう」

だそうな。世間知らずの老女はおせっかいで、とかく失敗する。


去年の夏、ドラマの稽古場で一緒になった小柄の可愛いニューフェイス嬢の薄いTシャツは、身動きする度に、今度は右、今度は左とすこしずつ肩からずり落ち、いまにも胸元が見えそうで、まわりの大人たちをハラハラさせた。どうやら、そうなるように、自分で、首まわりを大きくくり抜いていたらしい。


あのときは父親役のGさんが、見かねて注意したものの、

「……だって、私、ペチャパイなんですもの、これっくらいのことをしなけりゃ、誰もこっちを見てくれないわ、いけませんか?」

と上眼づかいに切りかえされて、

「イヤ——いけないわけじゃないけれど……みっともいいとは言えないね、ま、好き好きだけれどさ……」

と、苦虫をかみつぶしたような顔をしていた。聞いていて、私もしらけた。

そう言えば、私も昔、着物の着方が悪い、と父親に叱られたおぼえがある。

女学校へはいって間もない夏休み——母にしきりにすすめられて、初めて銀杏返しに結ったことがあった。なんのかのと言っても、結い上ってみれば、自分の姿の変りように乙女心がときめいた。丁度、その頃、樋口一葉に夢中になっていたせいもあって、「にごりえ」のお力を思い浮かべ、果ては浴衣の衿をぐっと抜いて、母の小さい鏡台をのぞきこみ、うっとりしていたものだった。ところがそこへ帰って来た父に、いきなり頭の上から大きな雷を落とされた。

「なんだ、そのぬき衣紋《えもん》は！　かたぎの娘がそんな着方をするな、色を売るわけでもあるまいし……」

びっくりして、慌てて、キチンと着直したけれど——とにかく昔もんは……ことに、芝居ものの父は、着物の裾のあわせ方、衿もとのゆるみについてもうるさかった。その当時、若女形《わかおやま》だった私の兄によく言っていた。

「芸妓の衿もとは見た眼にはゆったり、色っぽくて、隣に坐った客が、つい、ぐっと手を入れたくなるようだが――イザとなると、何にもいたずら出来ないようにキチンとあわせてある。客が勝手なことの出来るのは女郎の着方だ、間違えるな」

町娘、人妻、年増に老女――身分によっても着方がそれぞれ違って、面倒なものだった。

その頃は舞台にかぎらず、毎日の暮らしの中にも、そんなルールがハッキリ生きていた。ちょっと変ったことをすると、たちまち、

「イヤだねえ、人の女房のくせして……」

とか、

「なんだろう、まあ、いい齢《とし》をして……」

などと、女の人たちがまず、眼ひき袖ひき――果ては、聞えよがしに言い立てられて……気の弱い人は居たたまらず、慌てて家へ逃げこんで、そっと着替えたものだった。

あれは——かれこれ半世紀近く前のこと……戦争の足音がドン、ドンと薄気味悪くきこえてくるに従って——女の人の服装はいよいよむずかしくなってきた。

モンペ姿がチラホラと見かけられるようになったある日、私は紺のスーツに、杉綾《すぎあや》のオーバーを着て、混み合う新宿駅の地下道を急いでいた。急な仕事で、早く、成城の撮影所へゆかなければならなかった。

「オイ、ちょっと待て！」

突然、うしろから肩に手をかけられた。振り向くと、見知らない中年の大男が、こわい顔をして睨みつけている。

「お前のそのあたまは、何だ！」

私はわけがわからず、ただキョトンとした。長い髪をギュッとつかねてまるめた上を、毛糸で編んだ網のターバンで包んでいるだけで——別に、なんの変哲もない筈だった。

「どういうことですか、あなた、どなたですか？」

「フン、とぼけるな、わしはお国のために街を守っている自警団だ。お前は一体なにものだ、そんなヘンテコな網をかぶって、下を向いてソワソワ歩いて……ヒョッとしたら、スパイじゃないのか、スパイの奴は、たいていそんな頭の網の中に何かかくしているんだ、以前見た映画にも、そんな女がいたぞ」

あたりかまわぬ大声に、まわりはたちまち人だかり——男はますます居丈高に、

「この非常時にそんな格好をするとは何ごとだ。日本人なら日本人らしく、日本古来の髪かたちをしろ。非国民か、お前は……」

などと、いつまでも言いつのる。こちらは仕事に遅れそうだし——つい、

「ちょっと待って下さい。日本古来って仰しゃるけれど、一体どこまでさかのぼったらいいんですか？　おすべらかしですか、それとも丸髷《まるまげ》、島田ですか？　私はこの網が気に入っているんです。町内で防空演習をするとき、これでギュッと髪をつつむと、キリッとして気合いがはいるし、ごらんの通り

の網ですから、風通しがよくてあたまが蒸れません、ご近所の奥さんたちにもおすすめしようと思っているんです。あなただって、街を守るのに便利だから、そうやって洋服を着ていらっしゃるんでしょ？　いくら日本古来だから、と言っても、衣冠束帯や裃《かみしも》姿じゃ火たたき棒は振りまわせませんものね」

まわりの人が、どっと笑った。

思いがけず、早口で逆襲された相手は――一瞬、呆然として、やがて一足ずつうしろへさがり、人垣の間に姿を消した。

「ようよう、いいぞ、ねえちゃん」

弥次馬に囃し立てられて、我にかえった私もコソコソと逃げ出して――電車に飛びのったが……落ちつくと、ひどく、恥ずかしくなってきた。

（あすこまで言うことなかったわ……相手に恥をかかして得意になったみたいで、あと口が悪い――もしかしたら、このターバンの色が気に入らなかったのかも知れない……藤色だから――明日から、黒い毛糸の方にしよう）

ほんとにあの頃は、街中、なにもかも、黒とねずみばっかり……息がつまりそうで、パッとしたきれいな色が恋しかったのだけれど……。

それから考えると、この頃の街の華やかなこと——平和というのは、なんと有り難いものだろう——どうぞ、いつまでもこうでありますように——。

都会も地方もこんなに明るく美しいのは、新しい建物が多くなったせいもあるけれど——それより何より、女の人たちが、それぞれに着るものを自分なりに工夫して、楽しみながらまとっているせいかも知れない。

「どんなものをどんなふうに着ようと、その人それぞれの勝手でしょ、自分らしければ、それでいいじゃないの」

昨今は、若い人ばかりではない——年増も老女も……熟年も実年も、そんな思いが、どうやら身についてきた。

「服装についてのルールなんて——古い、古い……」

その日の気分にあわせて、何でもかでも重ねて着たり、ギリギリの線まで脱いだり——なんとなく、年齢不詳、性別不明、新人類型の美人をよくみかける。

ただ、ちょっと不思議に思うのは、こういう、服装の戦国時代にも——流行の波だけは消えることなく、いつもユラユラとただよっていることである。ときどきは、驚くほどの変り身をみせながら……。

今年の女子大の卒業式には袴が大はやりらしい。東京駅で、長い髪に巾広《はばびろ》のリボンを結び、紺の袴をはいた、昔なつかしい姿をみかけ、車中でわが身の若い頃を思い、甘い感傷にひたりながら岡山のロケ地に降りたら——そこにも、長い袴に白足袋、草履姿の娘さんたちが、三々五々明るい声で笑いさざめいていた。なるほど——テレビや週刊誌が、「今日只今、最新の流行」を全国の皆さまに、瞬時にお知らせしている、と今更ながら感心した。流行に関心のある方は、いつも居ながらにして変身の楽しさを味わえる、というわけである。

袴姿の次のブームは「お嬢さまふう」ということらしいが——これは、ちょっと、むずかしいのではないだろうか。

「お嬢さま」に憧れる気持は、多分、誰にもあると思う。世俗の塵に汚れない美しさ品のよさが、垣間見る人の胸をどんなにせつなくゆり動かすものか――古今東西、文にも絵にも飽きることなく描きつづけられている。そして、そういう「お嬢さま」はめったにいないことを、みんな知っている。

ブームだからと言って――そういう環境に生れ育っていない人が「お嬢さまふう」を真似るのは、やっぱりどうも無理な気がする。女子大生の袴姿なら、いざとなれば貸衣裳店でもととのえられる。しかし、その店で最高の衣裳小道具を揃えても「お嬢さま」にはなり切れない。つまり――それを身につける人の、考え方や感じ方、それにふさわしい言葉づかいや身振りなどの裏打ちがないと、どうしても「悪い冗談」になる。あげくの果は自分自身もしらけるような、みじめな結果になりかねない。ブームに乗るのは、一種の楽しいお遊びなのだから、「お嬢さまふう」だけはやめた方が――などと余計な口をきくのは、またしても下町女のおせっかい――いいえ、どういう格好をしても、自由の時代なのですけれど……。

それに比べると、「ビッグ・ルック」の流行には愛敬がある。「オーバーサイズ」とも言うらしいが、ブカブカの大きな上着の衿から、若い人の細っそりした首がスッとのぞいているところは、当世風に言って——かわいい。両手首は長い袖の奥にかくれ、裾は靴にも届きそう……。昔なら、いつも兄さんのおさがりを着せられる弟の嘆きがきこえそうだし、口の悪い近所のおばさんに、

「おやまあ、狼にころもだねえ」

と、やせた狼が和尚さんの大きなころもを着たように、寸法のあわないだらしなさを笑われそうだけれど——とんでもない、昨今はこれ見よがしの当世風というところ。

それにしても、流行というのは、眼まぐるしく変ると思えば、また、ヒョイと元へ戻ったりするから面白い。

この間、私は和服の防寒コートを馴染みの洋服屋さんへ修繕に出した。三十年ほど前にこしらえた黒地のキャメルで、軽く暖かい肌ざわりが気に入っ

ていたけれど――短いコートが流行してきて、膝の下までの長さが古めかしく、この十年は納戸の奥に眠らしてあった。思いついて、丈をつめるように頼んだのだが……店主はそのまま、かえしてよこした。

「このコート丈は、只今の流行にピッタリあっておりますから、どうぞこのまま……」

以来――すまして着用している。

齢をとっても、ホドホドのお洒落は必要ではないだろうか。どうせ私はもう……などと嘆かずにはやりすたりにもほんの少しだけ眼をむけて……。一年ごとの容姿の衰えを、自分自身はあきらめるとしても、すこしは気をつかわないと、つき合う人にはやっぱりお気の毒ではないかしら。

関光三氏が『いきの源流』(六興出版)の中にお書きになった一節が身に沁みる。

「いきの形而上を探っていくと、思い遣り、含羞《がんしゅう》、思い切りという要素が現われてくる」

「自分中心でなく相手の立場に立って考える。しかもそういった己れの心遣いを相手に気取らせないように心掛ける」

老女のお洒落は、そんなふうに粋でありたいけれど……とてもむずかしい。

自分らしさを見つけることは大切だけれど——自分が気に入ったから、と言って、まわりの人を不快にさせるような装いだけは、なんとしても、抑制しなければ……。

（老女の頬には、すこし紅が欲しいけれど……今日は、濃すぎたかしら……）

教育ってなあに？

朝の茶の間のブラウン管に可愛い顔がいっぱい——やさしそうなお兄ちゃんとお姉ちゃんの足許にまつわるように、肥《ふと》った子、やせた子、背の高い子、小柄な子……二歳児か三歳児だろうか、女の子も男の子も一生懸命リズムにあわせて、つぶらな眼を見張り小さい口をあけ、手を叩き足を踏む——見ている私もつい引きこまれ、指先でそっと卓袱台《ちゃぶだい》を叩いたりして……。

よく、「年寄り子供」と言われる。人間は齢《とし》とともに、子供のような単純さにもどる——ということらしい。

たしかにそうかも知れない。永い年月、世間の荒波にもまれながら生きつづけてきた老人たちが「子供にもどる」のは、「何とかして、戻りたい」という願いが強いからではないかしら。私がこの頃しきりに幼児番組にチャンネルをあわせるのも――単純な子供の世界の隅にそっと坐って、安らぎたいという気持が年ごとに大きくなってきたせいだと思う。

さあ、今日の「お母さんと一緒」はもう、そろそろおしまい――子供たちがお兄ちゃんのうしろについてスタジオの中をまわり始めた。ワイワイガヤガヤ……両手をふりまわして飛ぶように歩く子、あちこち見まわしながらゆっくり歩く子――オヤオヤ、右手の奥に一人、皆から離れてポツンと突っ立ったまま動かない坊やがいる。ひどく内気なはずかしがりやか、それとも気にいらないことがあってすねているのか――とにかくみんな、ほんとに可愛い。

（こんな素敵な子供たちの中から、欲張りで威張りやの大人が出来るなんて、とても考えられない――お願い、どうぞこのまま、うんと食べて、うんと遊んで、スクスク大きくなって頂戴。勉強なんか、どうでもいいのよ、ね）

私は母親になれなかったけれど、子供が大好き――小さい子をみるとつい、よけいなことまで考えてしまう……おせっかいは生れつき。

テレビを消して、お茶をのみながら傍の雑誌（週刊サンケイ一九八六年五月一日号）をヒョイとめくって——ドキンとした。「有名小学校に合格するための幼児塾」についての記事がのっている。

「……二歳児から六歳児までを対象にした幼児塾は、年々増加する一方で、現在、首都圏を中心に、全国で二百校余り、約四千人の幼児が学んでいるという」

ヘエ——そんなに？　びっくりした。なぜ？　なぜ？　なぜそんな遊びたい盛りの子供に、いったいなにを教えようというのだろうか。

ある幼児塾の草分けという先生がハッキリ語っていらっしゃる。

「ズバリ、先取り思考——言い換えれば、先憂後楽の徹底とでも言いましょうか……」

つまり——どっちみち子供に受験の苦労をさせなければならないのなら、出来るだけ早い方がいい。いったん有名小学校のレールに乗せてしまえば、あとはエスカレーターで行ってくれるから楽ということである。

なるほど——この国は何と言ってもまだ、学歴社会である。幼児たちはこれから先、中学、高校、大学と受験地獄をとおりぬけなければならない。その苦しみを軽くさせるために、小さいうちから、一歩でも二歩でも他の子より先をあるかせよう。そのためには高い月謝も惜しまない——という親心もわかるような気がする。親の気持は、それでたしかに多少は楽になるだろう。有名幼児塾の広い部屋にゆったりと机を並べ、指導員たちから、いい子のお行儀やら何やら、やさしく教えられている子供たちの表情もいきいきしているという。しあわせな風景だと思う。

ただ——そういう風に、別誂えとして育てられると、どうしてもちょっとひ弱なところが出来るのではないかしら……などと、またしても余計な心配をするのは、多分、私自身ゴタゴタした東京の下町で、雑草のように育ってきたせいに違いない。

その頃の浅草にも、こぢんまりした幼稚園があった。園長先生は浅草寺《せんそうじ》のお坊さん——地味で静かな学校だったが、園児たちはゆたかな家の子が多かった。私の兄がそこへ通わせられたのは――溺愛していた父の見栄だったのだろう。おとなしい兄は、毎朝、行きたくない、と駄々をこねて泣いたらしい。

小学生になっても、兄の泣きベソはなおらなかった。その頃はもう、近くの芝居小屋の人気子役だったが、よく、道ばたで悪童たちにいじめられて涙ぐんでいた。

「ワーイ、ワーイ、役者の子、女のきものの役者の子、おしろい臭いぞ、役者の子」

踊りの稽古のための、長い袂の着物をからかわれていた。

そんなとき、立ちすくんでいる兄を助けてくれたのは、近所のガキ大将、左官屋の息子のAちゃんだった。人並みはずれて大柄で、腕っぷしが強く、サッパリしていたので、子供仲間で一目おかれていた。

「よせよ、弱いものいじめは――江戸っ子の癖にひきょうなことするな、文句があるなら、俺が相手になってやる……」

大きなゲンコにけおされて、みんなが一足さがったトタン——急に声を小さくして、

「おまえたち、忘れたのかよ、この間、この子のおかげでうまいすし食って、よろこんでいたじゃないか」

そばの芝居小屋で「菅原伝授手習鑑《すがわらでんじゅてならいかがみ》」の「寺子屋の場」が出され、兄が菅秀才の役をやっていたとき、何かの手違いで手習っ子の数が足りなくなった。狂言方があわてて、子供仲間に顔のきくAちゃんにたのんで、この子たちのうちの何人かが駆り出されたのだった。そのときのお弁当が、子供の口には決してはいらない上物のにぎり鮨で、みんな、その味が忘れられないらしかった。

「今度あんなことがあったって、この子をいじめた奴は、よんでやらないぞ、いいか」

悪童どもは、おかげでシュンとしてしまったらしい。

帰って来た兄から、その話をきいた母は、早速、Aちゃんを呼び出して、

おれのおすしをたっぷりご馳走したが——あとで、

「あの子は早くお母さんに別れたし、弟や妹の世話をして、ずいぶん苦労したからね。ひとの気持がチャンとわかるんだね」

と感心していた——Aちゃんはこんなことを言ったそうである。

「いじめっ子ばっかり怒れないこともあるよ。子供だってそれぞれみんな、辛いことや口惜しいことがあるんだもの……それをじっと我慢してると溜っちゃって、ときどき、急に誰かいじめたくなっちゃう。そんなとき——つい弱いものをねらいうちすることになっちゃうんだ……だからさ、いじめられる方も泣いてばっかりいないで、なんとかうまく逃げるか、それとも、いなおって、いじめかえすようにしなけりゃ……おれ、学校の勉強はてんで駄目だから、あんまり偉そうなこと言えないけどさ……」

と、あたまをかいていたらしいが、母は、

「学校の成績なんて気にすることはないよ、あれはね、この子は何が得意か、ってことを先生から親に知らせるしるしみたいなものさ。世間にゃいろんな子がいるんだから、むやみに順番つけられちゃ堪らないよ」

と笑っていた。現在、諸悪の根源のように言われている偏差値の害を、そのころからチャンと感じていたのだろうか。

私が小学六年になったある日、珍しく母に叱られた。

「いくら勉強が好きだからって、薄っくらいところで、そう本ばかり読んでたら、しまいにゃ眼が悪くなっちゃうよ」

毎晩、床の中でそっと学校の本をみているのを知っていたらしい。私が急に勉強しだしたのは――女学校の入学試験のためだった。

知りたがりの小娘だったから、いろんな本が読みたかったが、読んだものを理解するためには、上の学校へゆかなければだめだと思った。その頃の下町の、ことに、芝居ものの娘としては、無理なのぞみである――でも、何とか父に頼んでみよう……そう決心して、とにかく、受験勉強をはじめたのだった。

（女学校の試験なのだから――小学校で習わない問題が出るはずはない

……）

そう考えて――今までの教科書を一つ一つ丁寧に復習していった。

母と兄の応援で……とうとう父の許しをもらってからは、昼間も机の前へ坐りこんだりしたけれど、「家事の手伝いは怠けなかった。料理や掃除はけっこう気晴らしになって、洗濯物を干したあと、フッと鶴亀算《つるかめざん》や旅人算《たびびとざん》の応用問題がとけたりして――楽しかった。

運よく、女学校へはいれてから、しばらくすると、あちこちから家庭教師を頼まれるようになった。ご時世だから、うちの子も中学校へやらなきゃ……そんな親が近所にふえてきたからである。

学費はアルバイトで稼ぐ、というのが父との約束だったし、未来の夢は女教師で、子供に教えるのが好きだったから、よろこんで引き受けた。

ただ――親がいくら勉強させたがっても、かんじんの本人にその気がない、とわかれば、その子の気持を親に話して、机の前から解放してやった。「世間にゃいろんな子がいるんだから……」母の言葉が、いつも耳に残っていた。

（ほんとに——勉強するばかりが能じゃない）

とにかく、何人かの子供を引きうけたものの——こちらはたかが女学生先生……むずかしい教え方を知るわけがない。私自身がしたように——今まで学校で習ったことが充分わかっていればそれで大丈夫……と、きちんとのみこむまで、くり返し、おさらいした……ときにはおだてたり、すかしたり、ただもう、一生懸命だった。仕上げの応用問題は面白おかしく、うまくとければ手を打って賞めあげて自信をつけさせた。そして翌年、その子たちが入学試験に合格したときは……涙が出るほど嬉しかった。

私のアルバイト、家庭教師業はこうして、あしかけ七年、学生生活を支えてくれたけれど……こんなのんびりしたやり方は、現代ではとても通用しないだろう——親たちから、猛烈な抗議をうけるに違いない。

かなりの犠牲を払っても、高等幼児塾へ子供を通わせる教育ママは、次は、有名高校へおくりこまなければ、と、あちこちの塾の合格率を必死に見比べているらしい。

そして、そのご要望に応える塾の大攻勢はただもう、驚くばかりである。新幹線の窓の外、夜空に赤く光る大きなネオンは、ひい、ふう、みい、よう……ホテルでもキャバレーでもない——有名塾の名前である。毎朝、新聞にドサッと折りこまれる衣料、食料の売り出し広告にまじってくる大型塾のチラシにも、その塾から何人が有名校に合格したかが、大きな活字で刷られている。いまや学習塾の戦国時代らしい。設備や講師の面でおくれをとる小さい塾はどんどん大きい塾に吸収されるときいて——昔人間はなんとなくこわいような気がする。教育というのは、いろんな子供を、それぞれの個性に従って育ててゆくことではないのだろうか？　親や社会の望むような規格の枠にはめこむのが、子供の将来のためになる、とほんとうに信じているのだろうか？

ひとりっ子で、両親や教師の言うことを素直にきき、よく勉強していた小学四年のいい子が、ある日突然、視力が落ちたという話を元小学校養護教諭、小林静枝さんが書いていられる（子供のしあわせ・一九八六年五月号）。

その子は、すこし前には一・二まで見えていた両眼が○・三、更に○・一に落ち、大学病院の検査でも原因不明——場合によっては失明、という状態になり、親は悲嘆にくれるばかりだったという。

ところが、その子がある日、ひとりで学校の保健室にいて、教師用のむずかしい本を、あまり眼も近づけず読んでいるのを見た著者が、もしやと思って小児神経科医に相談することを親にすすめた。その結果、ストレスによる急激な視力低下ということがわかった。つまり、まわりの期待に押されて、いつもいい子になっていたため、友だちが出来ず、孤独の苦しさ寂しさが心の内部に積み重ねられ、ストレスになって視力が落ちたのだった。それを知った親や教師が何とかして気持を楽にさせようと必死の努力をつづけたが——もの心つくとすぐから、（こうしなければいけない）と自分で自分をかたくしばった縄は容易にとけず、その眼は見えたり、見えなかったり——全治までにはまだ長い年月がかかるらしいという。最後の著者の言葉が読むものの胸を打った。

「小さいとき何事もなく育っていたかに見えたいい子が、急に親やまわりに反発しだすのは、おとなへ向って自立を始めるときです……この時期に自分の思いを十分にとげきれなかった子供たちの中には、心の屈折がさまざまな形をとって、身体《からだ》にあらわれることがある……子供たちがいろいろの場で見せる表情を、大人たちは丁寧にみつめたい……」

教育熱心なお父さん、お母さんへ……。

愛する子供が、はげしい生存競争の中で、最後まで生き残れるために――輝やく青春の日々を真黒に塗りつぶしてでも、勉強させよう……というお気持はよくわかります。けれど――一流校から一流会社への道だけが誰にとってもほんとに幸福なのでしょうか？　折角の親心が、もし子供の未来をゆがめることになったとしたら……これは罪深いことです。

お願いです――子供のない私の家庭教師的おせっかいの言葉をホンのちょっとだけ、お気にとめて下さいませんか。世間には、いろんな子供が大ぜいいます。その子たちの未来が明るく幸せなものになるために……。

指の年輪

テレビドラマの本番の日だった。

永いシーンの最後に、初産《ういざん》を無事にすまして横たわる嫁の手を、姑役の私がやさしくさすりながら、いたわりの言葉をかけようとして……フッとセリフを忘れそうになり、ドキンとした……若い女優さんの手が、あんまりきれいだったからである。

仕事が終って、メイキャップ室でおしゃべりに余念のない彼女に、

「ね、あなたの手、もう一度みせて……」

ちょっと、とまどいながら差し出す手を、もう一度、ゆっくり眺めた。ほっそりと柔らかい指、ホンノリと赤味のさした爪、白くなめらかな肌——なんて美しい……思わず溜息が出た。

「どうかしたんですか?」

当人も、まわりの若い人たちも、なんとなく心配そうに私の顔をのぞきこんでいた。無理もない——なにせ、こちらは大先輩のうるさ型ということになっている。

「いいえ、なんてことないのよ、ただね、私もむかしは、こんなきれいな手をしていたのかしら、と思って……」

「アーラ」「ヤーダ」「ねえ……」

呆れたように顔見合せてみんな大笑い——私も笑って……それでおしまい。

「じゃ、お疲れさま、また明日」

個室で化粧を落としながら、朝、出がけに何気なく見たテレビの「婦人百科」を思い出していた。その日に限って、妙にきれいな指が目につくのは、あのフランス刺繡の先生のせいである。上品な女性だった。色とりどりの沢山の糸をたくみにさばいて、だんだんと美しい模様を浮かびあがらせる見事さについ見惚《みと》れていると、傍で、家人が何気なく言ったものだった。

「ヘエ——きれいな指だねえ」

え？　指？　あ、ほんと……そう言えば、何本もの糸をあやつる指のきれいなこと——白くほっそりと、しなやかな指……私は思わず、自分の手をそっと卓袱台の下にかくした。

私の手は大きくて、指の節が——とても高く、ゴツゴツしている。

「まったく、女優の指じゃないみたい」

われながら、苦笑するときがある。良家の夫人役のときは——なにげなく袂《たもと》の下へかくしたり、ハンカチをまさぐったり……手のおき場所に気をつけて、観る人の眼をそらす。ふだん、指輪やマニキュアをしないのは、そういうものの似合わない指、とあきらめているからである。そのくせ、ときどき、何かのはずみで急にほっそりした指をうらやましがったりするのは、どういうことだろう。

「アーア、この指の太いこと——まったくいやになっちゃう、母にそっくりなんだから……」

夜、鏡台の前で湯上りの手にクリームを塗りながらのひとり言がきこえたのだろうか……となりの部屋で夫が笑った。

「いいじゃないか、そっくりけっこう。母さんにしこまれたその指のおかげで、こうやって毎日、こざっぱりと暮らしていられるんだもの、おいしいものもいただけますしね」

「え？　そう？……」

夫のその一言で、老妻の機嫌はたちまち治るからおかしい。喜寿を越えても女はやっぱり女ということかしら……。床にはいって、高い指の節をゆっくり、さすってやった。

たしかに——この手は、もの心つくとすぐ母によく仕込まれた。どうにか箒《ほうき》が持てるようになれば座敷から表の掃除、重いお釜が動かせるようになればご飯の炊き方と、みっちり教えられたものだった。私がいちばん下手だったのは洗濯——厚い足袋の裏を洗濯板でこするたびに指の背をすりむいた。

そのころ、ほっそりと白い手をしていた若女形《わかおやま》の兄は、黒い薬をべっとり

塗っている私の手を見ると、

「かわいそうだけれど、仕方がないね、女は洗濯をしなけりゃならないもんね……」

と、ときどき、カステラなどわけてくれたけれど——わが家の男たちは、決して家内の雑事に手を出さなかった。

いつも背をシャンとのばして、家長の威厳を保っていた父は——大きな声で怒鳴ることもなかったし、妻や子に手をあげることもしなかったから、どちらかと言えば、いい父親だった。大掃除の日など、先に立って向う鉢巻に尻っぱしょりでちゃんと格好をつけていたが——町内の役員から「大掃除済み」の貼紙をもらうまで、一日中、二階の廊下で演芸画報をみていた。「身体が丈夫で頭のいい働きもの」という嫁さがしの条件にピッタリ叶った母が、家中の雑用をすべて、手落ちなく切り盛りしてゆくのを当然のことのように眺めていた。

それにしても——朝の忙しいときに長火鉢の前にデンと坐ってお茶をのみ

ながら、つい眼と鼻の先にある新聞を、

「オイ……」

と、台所で煮炊きしている母をよんでとらせる光景は、娘の眼にはどうしても、不条理に映った。

「お料理や掃除を手伝ってくれるはずはないけれど――自分のことぐらい、すこしは自分でしてもらえばいいのに……」

娘のそんな不満を、母は笑って、とりあわなかった。

「いいんだよ、これで――男は外で働いているんだから、うちのことは女がしなけりゃね、つまらないことをゴチャゴチャさせると、人間が小さくなるよ、男は威張らしておいた方がいいのさ」

母のその考えは、一生変らなかった。後年、末っ子の愛息子《まなむすこ》・弟の新世帯《しんじょたい》をいそいそと訪ねた母は浮かない顔で帰ってきた。

「……おかしな話だよねえ、あの子ったら、女房が茶碗を洗っているそばで、セッセと拭いてるんだから……おまけに蒲団のあげおろしまで、みんなしてやってるんだって」

新婚の嫁は、夫にやさしくされている嬉しさを、ソッと姑に話したらしい。そのころはベッドはつかっていなかったし、木綿わたの夜着はとても重かった。私は、

「いいじゃないの、彼女は身体が弱いし、女優もつづけているんだから、うちのことぐらい手伝ってやらなけりゃ、とても、もたないわよ」

と、とりなしたが、母の不機嫌はなかなか治らなかった。いつもはほんとに物わかりのいい人なのに……横のものを縦にもさせずに育てた息子が、大きな身体を縮めるようにして雑用をしている――それだけは、どうしても納得出来なかったらしい。

男性が女性をたすけて家事を手伝う――それをはばむのは女性、ということはなんともおかしい話だけど――永い間の習慣というものは容易にかわらないものである。

つい、二、三年前、ある中年のベテラン女優からきいた話――彼女の家へ

学生時代の友人五人が集まった。はじめてのことで、学校の行事の打ち合せだった。なにしろ、久しぶり――用事のすんだあと、少女時代の思い出話にお互い、笑いさざめいていた。そんなとき――彼女の夫が、紅茶のおかわりと果物を運んできた。日曜日で、彼のつとめている大学は休みだったし、手伝いの娘さんもいなかったので――思いついて、ちょっと気をきかせてくれたのだった。

ところが――妻に紹介されて軽く挨拶をしたトタン、客たちは妙に固くなり、彼が引っこむと間もなく、顔見合せて、帰ってしまったという。

「せっかくお茶をもっていったのに……」

のんきな夫はちょっとふしぎそうな顔をしただけだったが、彼女はなんとなく、胸につかえるものが残った。

翌日、その中の一人にそっと電話をすると、

「……ごめんなさい、急に帰って――でもね、ご主人さまにお茶を運ばれて、私たち、すまして坐っていられないわよ、永居したことを旦那さまにくれぐ

れもお詫びして下さいね――いいえね、帰りに皆で噂してたのよ、さすが有名な女優さんは違うわね、ご主人をあごで使ってるって……アラ、私が言ったんじゃないわよ……」

まさか――と彼女は笑うより仕方がなかった、という。あれは、ほんとに珍しく、夫がサービスしてくれただけなのに……。もし、その日の客が夫の友人たちで、妻の女優がお茶を運んだとしても、それはごく当り前のことだろう。そんなことが話題になるなんて、恐らく、このごろの若い人たちの間では、考えられないようなおかしなことかも知れない。

それにしても――家の中の雑用というのは、まったく、きりがない。客の接待はたまのことにしても、掃除、洗濯、一日三度の食事の仕度、その材料の註文、買物、あと始末。季節ごとの衣類や家具調度の入れ替えから、親類知人のおつきあい等々。馴れた手順で、なんとか、こなしている主婦も、ときには、

（今日一日だけでもいい、誰か代って……）

とつい、言いたくなってしまう。

そんな悲鳴に答えるように――代理主婦を派遣する会社が出来た。職業をもちながら子供を育てた女性が、自分の辛い経験から始めただけあって、申し込みさえすれば、すぐ、家事についてのベテランの会員がとんでくる。頼まれた仕事だけをサッと手際よく片づけて――料金は一時間二千百円也。常時、手伝いの人を頼むより気が軽い、と主婦からの註文はふえるばかりだという。

たしかに便利だし、助かる人たちは多いに違いない。ただ――その気楽さに馴れすぎて、あんまりたよりにしすぎないように気をつけた方がいいのではないかしら。主婦が自分の代理をたのむのは、よくよくの時だけ、と心に決めておいた方がいい。

家庭は旅館とは違う。どこもかも清潔に掃除され、美味しい料理が出されれば、それでけっこう――とは言えないと思う。誰が、どんな気持で、それをしてくれたか……そのことが大切ではないのだろうか。家庭とは、家族がより添ってすむ小さい城——人まかせではたとえどんなに美しい城でも心から楽しく安心して暮らせないのでは？　少々ぐらい、部屋が汚れていても、味噌汁がからすぎても——主婦が家族のために一生懸命したことなら——案外、気にならないのではないかしら。

昭和六十一年初めに、経済企画庁がまとめた「人生八十年時代における生涯家庭生活設計に関する調査」の中で、六七パーセントの主婦が、

「老後、一緒に住みたい人は夫だけ……」

と答えた、という。

時代は科学の進歩とともにめまぐるしく変ってゆく。旧人類の老人たちは、新人類の若者たちの考え方には到底ついてはゆけない。永い年月、苦労をわけあって一緒に暮らした夫婦二人、そっと寄り添って静かに余生を送りたいと願うのは、無理もないと思う。そんな暮らしの中で、老妻が背負う家事の重荷を、老夫がそっと手伝ってくれたら、どんなに嬉しいことだろうに、「男子厨房に入るべからず」とは、誰が言いだしたのか——男性は、自分た

ちにとってまことに都合のいいこの言葉を金科玉条として守る人が多かった。最近、その男性用の掟を、堂々と破った素敵な人がいる。日本有職婦人クラブ全国連合会が、今年はじめて設けた「ベスト・メン'85」の賞をおうけになった五人の中の一人、荒木敦さんの記事に、私は思わず拍手をした。この六十六歳の元公立中学校の校長先生は、定年間近かのある日、

「家事は私がやる」

と宣言なさったという。共働きで奥さんは幼稚園につとめていられたが、それまでは世間並みに、家事一切は妻まかせ——宣言してから二年間は、庖丁の使い方からカギのかけ方まで一つ一つ奥さんに習わなければならなかった。友人たちからは、恥ずかしくないのか、とからかわれたが、一切気にしなかった。「男子の一言金鉄の如《ごと》し」というのは、まことにうれしい掟である。

家事をするために大切な手順は次々におぼえ——三年目からは夫婦協力することになったが、これが案外むずかしかったのは、互いに相手のやり方に

不満が出るため、という。しかし、その度ごとによく話し合い、研究しあって、今は保母養成学校で人間関係の講義をする夫と、視覚障害者のためのボランティア活動をつづける妻は、それぞれに家事を分担しあって、明るくおだやかに暮らしていられるという話。新聞の取材に答えられた荒木さんの言葉は——すべての老妻が、胸の奥にそっと抱いている夢に答えて下さったように感じられた。

「男は仕事、女は家庭という考え方は、人間が幸せになろうとするとき、障害にしかならない。人間が生きるってことは日常生活を生きるってことでしょう。家庭にも職場にも日常生活がある。そこで、男女の協力関係のバランスが崩れていたら、本当の会話も成り立たないじゃないですか」

わが家でも——夕食のあと、私が洗う食器を、夫がきれいに拭いては戸棚にしまってくれる。私の母がいたら——眉をしかめることだろうに……。いつごろからこういうシステムになったのかしら——そう言えば大分以前、夫が照れくさそうに言ったことがある。

「あんたも齢《とし》をとって可哀そうだから手伝うよ。こっちもマゴマゴしていると粗大ゴミどころか、化学廃棄物になっちゃうしね」

おかげで、それ以後、私のあと片づけの時間は半分になった。節の高い妻の指とガッチリ大きい夫の指——それが互いにたすけあうとき、何もかも話し合い、わかり合え、本当に居心地のいい家庭が出来上るのではないだろうか。

それでもやっぱり、永い間の習慣で、手伝ってもらうたびに、

「どうも、すみません」

ついそう言って、夫に笑われている。

それぞれの老境

「ほんとに——世間には閑人《ひまじん》が多い……」

カルガモ騒動の記事が新聞雑誌に毎日載せられたころ——私は少々しらけていた。

大手町の商社の人工庭園に、今年も九羽の子がもが育った、という。親鳥がその池を子育ての場所に選んだのはこれで四度目——やがて、例年のように母親が子供たちを引きつれて、巾《はば》四十メートルほどの内堀通りを横切って、皇居大手堀へ引っ越すだろう——それは何時《いつ》？　まるで、世紀の大移動でも見るように、池のまわりに待機する見物人の数は日増しに増え、休日には三万人近くになった、という。

生れて二十九日目の夜明けがた、母親にうながされて池からあがった子供たちが、ヨタヨタと歩きだしたときも――三百人ほどの人たちが息を殺して見守っていたらしい。

物見高いは人の常――などと冷やかし気味だった私も、週刊誌のグラビヤで、その行列をみたときは――やっぱり、

(あ……無事に引っ越し出来てよかった)

とホッとする気持だった。細い首をキュッとあげて先に立つ母鳥、そのうしろから、おくれまい、と必死に歩く子がもたち――そのけなげな姿は見るものの胸をうち、何か手伝ってやりたかった……などと思ってしまう。

毎日毎晩、待ちつづけたあげく、眼《ま》のあたりその可憐な行列を見た人たちはどんな気持だっただろうか――もしかしたら、まわりの見知らぬもの同士、黙って顔見合せてうなずきあったり、フッと照れくさそうに笑いあったり――そうすることでお互いに心の中がホンノリ暖かくなったのではないかしら……いまの世の中には、楽しいこと、嬉しいことなど、ほとんどないのだから……。

愛とはなんて素晴らしいものだろう——そのやさしい気持をほんのすこし、お互いにわけ合った、というだけでも、冷え切った人の心は甦る……同じように、小さいカルガモ一家の無事を一生懸命祈った、という、ただそれだけのことであっても……。

「人は一人では生きられない」

作家・山田太一さんがいつか言われたその言葉を、そっとかみしめながら、私は氏が最近書かれたTBSのテレビドラマ「深夜にようこそ」四話をみた。舞台は二十四時間営業のスーパー……私のまったく知らない世界である。真夜中——寝静まった街の一郭、そこだけが煌々《こうこう》と明るい店の中で、男性アルバイト二人——中年の耕三と青年の省一が働いている……怠けてはいないか？　規則を破ってはいないか？　と天井の四隅のカメラに、一晩中、監視されながら……。

ただっぴろい店の中にいっぱい、山のように積みあげられた日用品——それを売る人、買う人の間に繰りひろげられる人間たちの切ない溜息——万引、失恋、孤独。人間の哀れさ愚かさ悲しみが、見ていて切なくなってくる。

第二夜の「永いわねえ夜が」の寂しい老人たちの話は――ことに身につまされた。

夜半三時ごろ……この店で縫針に糸をとおしてもらっている老女がいる。近所に住み、小柄でやさしく、こざっぱりした身なりをしているけれど……何かしら、用をこしらえて毎晩のようにここへ来るのは、どうやら、齢のせいで眠れぬ夜をもてあましているらしい。

ある晩、この老女が息せき切って、店内に逃げこんできた。どうやら男につきまとわれた様子である。若くもないし、中年でもないというところをみると、相手はどうやら、すぐあとからはいってきた七十近い品のいい老人らしいが――彼女は違う、と首をふり、そのまま、省一におくられて帰っていった。

しかし――深夜の路上で突然、老女の肩に触れ、びっくりさせたのは、やっぱりその老人だったことが、やがて、彼自身の口から告げられた。

「助けてもらいたい……」

　背広をキチンと着たその老人は、呆気にとられる耕三と省一の前で、思いつめたような口調で言いだした。

「まだボケてはいない、自分のやったことはわかっている」

　やがて——近くの家まで耕三に送られて帰り、その整然とした書斎で彼がトツトツと語りはじめたのは、妻に先立たれた老人の、ひとり暮らしの侘びしさだった。

「……二十代のころの四十代の女性はばあさんかも知れんが、六十になって四十の女を見ると——こりゃ、若い女です……とうてい色恋の対象にならんと思っていたばあさんを——私は色恋の対象として見ている」

　ときおり街で見かける彼女を好もしい、と思い、ひとり暮らしと知って、なんとか話ぐらいしたい、と思いながら、

「……身体に甲羅が生えていて、どうしても気軽に声をかけることが出来ない、ひとりで寂しくて堪らん、とも言えない」

声をかけて断られたときの屈辱にも耐えられないし、最近まで水産研究所の所長をしていたときのように毅然としていたいとも思う。しかし、このま ま、恥をかくことを恐れていては、いつまでも、

「この部屋で独りで暮らさにゃいかん」

今夜、路上で思い切って老女に近づいたが、

「笑顔をつくろうとして、つくれんで……ばあさんは、おびえて逃げた」

そんな自分がつくづくいやになった、と深くうなだれる姿は——耕三でなくとも、何とかしてあげたい、と思ってしまう。

日が高くなってから——明け番の省一が老女の部屋を訪ね……なんとか、あの老紳士の気持を伝えようとするが、相手は、

「……とんでもない——面倒くさいの、いい齢をして、今更、男とつきあったり……」

世話ばかりやかせて威張っていた夫が先立って六年になる……。

「このごろ、やっとなつかしいような気がしてきたけれど——やっぱり、ひ

とりがいいの、自由で、呑気で……」

首をふって、笑うばかりだった。

二日ほどたった深夜のスーパーに、そっとはいってきた老人の前に、耕三と省一が飛んで来た。

「すみません、お返事はきいてきたんですが……忙しくて、つい」

伝えるのがおくれたのは――言いにくいことだったたから……とみるものにもなんとなくわかる。

あやまる二人に――老人は手を振った。

「返事はわかっています……すまない、お願いをしながら――実はあなた方をさしおいて、昨日の昼間、思い切って声をかけて……面目ないと言っていました、あなた方にニベもないことを言いながら――やっと、つきあうことになって……」

老人が振り返った表のドアの外に……老女が立っていた――恥ずかしそうにうつむいて。

「……寂しいもの同士、あなた方にわからないこともあって……」

二人を見比べる耕三と省一の、ホッとした、なんともやさしく嬉しそうな表情……。

ドアの外――暗い夜道をより添って、身ぶり手ぶりで楽しそうに話しあいながら帰ってゆく老人と老女の黒い影が、スーパーの明るい光の中にポーッと浮かんで――私たちまでしあわせをわけてもらったような気がして、ブラウン管のエンドマークをみながら、しばらく、じっと坐っていた。

永くけわしい人生を歩きつづけ、疲れ果てた老人たちが――ただ一つ、欲しいと願うのは、愛という名の贈りものではないだろうか……愛の水は、たとえそれが一滴でも、枯れかかった花を見事に生き返らせたりする――身近かな異性からもらえば――なおさらのこと……。

その晩、私はフッと、昔読んだ週刊誌「女性自身」の人間シリーズの一話を思い出した。「五十年目の結婚」というような題だったかも知れない――二十年も前のことだけれど――八十歳の花婿が七十歳の花嫁を娶《めと》るまでのいきさつに心をひかれて、いまもそのエピソードのあらましをおぼえている。

主人公二人は、たしか鹿児島近在の人――仮りにA作、B子としておこう。A作は明るく元気な若もので、二十八歳まで近くの裕福な家へ、よく手伝いに行っていた。その家の十八になる娘が好きになり、彼女の方も憎からず思っていたが――なにしろ明治時代のこと、はっきりそんな想いを口にすることは出来なかった。

その彼の恋情が一度に燃えあがったのは、ある日、B子の父親の、

「そんなに仲がいいのなら、夫婦になったらいいだろう」

そのひと言だった。

しかし、それが――若いものたちをからかった冗談だったことが、間もなくわかった。B子は近くの村の格式のある家へ嫁にやられたからである。文金高島田の美しい花嫁姿を眼近かにみたA作は――そのまま郷里をとび出した、いたたまれない気持だったのだろう。

それから、五十年あまり……土木工事や船乗りやら、手当り次第仕事をか

えながら放浪の旅をつづけたが、彼女の面影が忘れられず、結婚する気にもなれなかった。

時が経って、八十になったA作は……郷里の養老院へ引きとられ——一日中、ただボンヤリと坐っていた。

そんな彼が、ある日、廊下の向うからゆっくり歩いてくる一人の老女の姿をみて——とび上った。

「あ……B子さん、B子さん……」

かすれた叫び声に、一瞬おびえたB子も、やっと——それがかつてのA作とわかり、なつかしさに、思わずかけよった。五十年ぶりの出合いだった。

昔の女性は、容易なことでは親の決めた結婚を拒めなかった。おとなしいB子は、素直に嫁入りはしたけれど——しあわせとは言えない境遇だった。戦争後には、身寄り頼りもすっかり亡くなり——すこし前から、同じ養老院の世話になっていた。

思いがけずB子にめぐりあったA作は——二度と彼女の傍を離れまいと心

に誓ったのだろう――それからは一日中、彼女の部屋の前にじっと坐っていた。のちに――十八歳で別れた彼女が七十になったいま、なぜ一目でわかったのか、ときかれる度に――彼は小さい声でそっと答えたという。

「……いくつになったって、あのやさしい歩き方は、ちっとも変っていねえ」

やがて、養老院のA作とB子の姿に、いい齢をして、と眉をひそめ、風紀が乱れると声高に言い出す人も出てきた。そのあげく、A作ひとり、別の養老院へ移されたが、彼は遠い道をよっぴてとぼとぼと歩きつづけ、B子の部屋の窓の下へたどりつき、そのまま夜露に濡れて坐りつづけていたという。

さすがに、そんな姿を見兼ねた福祉事務所の所長が、考えた末――二人を結婚させた。正式な手続きさえとれば、生活困窮者のための家族寮に住まわせることが出来る――と。

やさしい所長のはからいで、二人はとうとう新世帯をもつことになった――六畳一間とは言え、そこは彼と彼女のお城だった。

噂をきいて、記者が取材に行ったとき——夫は八十五歳、妻は七十五歳……老いた妻はつましい暮らしを上手にきりまわしていた。

「この人ったら——なんでも私の言うとおり、ハイヨハイヨって……なにをこしらえても、おいしそうに食べてくれるんですよ」

かかあ天下じゃないけれど、ばばあ天下ですね、と相好くずして嬉しそうなB子の傍で、A作はニコニコと、ただ、満足そうに笑っていたらしい。老人二人がぴったりより添って暮らしていた、というこの記事は——いま思い出してもほほえましい。

最近、寿岳章子《じゅがくあきこ》さん（京都府立大学教授）がエッセイ集『思いは深く』（朝日新聞社）をおだしになった。その一章「最後の顔そり」を読み返すたびに、私の胸は熱くなる。

「それは悲しみの微光がふちどりをしている絵のように見えた。茶の間にやわらかな冬の陽ざしがさしこんでいる中で、父と母はむかいあっていた。母は肩にガーゼのてぬぐいをかけ、目をつむっている。その表情はおだやかでうっとりとさえしている。父はその母の顔をかみそりでていねいにあたっている。眉をととのえ、口わきのむずかしいくぼみを、太い指でかみそりを上手にあやつってつるつるにしている」

筆者のお父さま、文学博士・寿岳文章先生が入院先から一時帰宅を許された奥さまの顔そりをなさっている——重い病気で、家へ帰れるのもその日が最後であることを夫も娘も知っていた。

妻の美しい額からきゃしゃなうなじまで、夫はいとおしそうにカミソリをあててゆく——そんなやさしい習慣は、結婚して間もない頃からずっとつづいていたという。そこに永い歳月の愛の日々があった。

「しかし今、母のいのちの灯が細くゆらめきかけている今、それは一瞬であったようにも思える。今、頭も疲れ果てて、ほとんど物言わず人生の果てにたどりついた母を、無言のやさしく美しいことばでくるんでいる父の表情」

ご両親は、ともにゆたかな言葉の持ち主だった。どんなことも話し合い、言いあい、語りつくしたあげく――強い、純粋な愛を育てあげてゆかれたのだった。

「しあわせの果てに、やがて永別の日がやってくる。この上なく愛しあっていた二人に何と辛いそのいっときだろう。……父はようくわかっている。……最後の、最後の顔そり」

なんという、素晴らしいご夫婦だろう。

出来れば――こういう風に……幕のしまる最後の日まで、互いに固く手をつないでいたい。それこそ、世の多くの老人たちの、素朴で切ない願いではないだろうか……。

女子大生よ、何処《どこ》へゆく

永かった今年の梅雨も、どうやら、やっと明けた。

美容院の帰り道、久しぶりの青空が嬉しくて、ちょっと街を歩く気になった。同じ思いだろうか、昼下りの銀座裏をそぞろ歩きしているお嬢さんたち——このごろはどうしてこう美人ばっかりなのかしら。

ひとり——向うから、キュッと肩をあげて足早に歩いてくるのは……知人のお嬢さんのN子さんのようだけれど、違うかしら？　短かめの髪の片方から、イヤリングのない耳がのぞいている。N子さんなら、ご自慢の長い髪を風にそよがせて歩いている筈。

「ああ、やっぱりN子さんね、おぐしが変ったから、ちょっとわからなかったわ」

すれ違いそうになって、慌てて声をかけたが——立止った彼女は軽く会釈をしただけで、何にも言わない……いつもはとても明るく、愛想のいいお嬢さんなのに……。

「お買物？」

「リクルート・セミナーです」

「あ、そう……その髪型、よくお似合ね」

「リクルート・カットです」

相手はちょっと頭をさげて、行ってしまった、なんとなく固い顔をして——呼びとめて悪かったのだろうか。

それにしても、この頃は聞き慣れないカタカナ語ばかりで、旧人類の私など、とまどってしまう。リクルートって、何のこと？

家へ帰って、三省堂の『コンサイス外来語辞典』を持ち出して——やっとわかった。三年前、欄外に補足してある。古く、米軍で新兵募集の際、使われた言葉が、新しく、人材採用の意の経営用語に転用されたらしい。

つまり、N子さんの場合――リクルート・セミナーへ行くのは、就職マナーを学習するためで、リクルート・カットは企業訪問の際、誠実さと清潔感をあらわすための髪型だろうか、短かめの七三わけで、片方の耳をチラッとみせた方が効果があるらしい。そうすると、彼女の、地味で上品なグレイの服は、リクルート・スーツということになる――いつもは、派手すぎるくらいの服がよく似合うお嬢さんだけれど……就職のためにはやっぱり、彼女なりの心づかいをしているのだろう。

そう言えば、四年制大学を卒業する女子学生の就職のむずかしさが、この頃よくマスコミに取りあげられている。

男女雇用機会均等法の新制度が、この四月からスタートされたものの、それですべての女性の就職が有利になったわけではない。国会で問題にされ、書店には解説書コーナーが設けられたとはいうものの、ほとんどの企業は戸惑うばかり――慌てないのは、ずっと以前から大ぜいの女性を戦力としてとりいれてきたデパートだけだったという。

とにかく——均等法のおかげで、企業は男子だけを募集するわけにはゆかない。とりあえず、求人票の様式は「男女○人」としたものの、「男子○人、女子○人」と書かないところをみると……ほんとうに、女子を採用する気があるのかどうか、疑わしいということである。

日本経営者団体連盟の企業向け月刊誌「労政資料」二月号の、均等法についての解説論文の中に、次のように書かれている、という。

「この法律が求めているのは機会の均等であって、結果の平等ではない」

「機会が男女平等に与えられている以上は、そのチャンスを生かせるか否かは個々の女子の意欲と能力にかかっているのであり、均等法の関知するところではない」(一九八六年七月十五日・朝日新聞「揺れる女子大生」)

お説の通りだと思う。企業は社員採用に際し、女子についてだけ、自宅通勤や年齢制限の条件をつけることは禁じられている、と言っても、試験や面接、調査の上、当社には不向きとされれば——反論のしようもない。

むかし——うまいと言われながら、なんとなく運の悪い女優さんがいた。

それだけに、ある大作映画で思いがけず重要な役を与えられたときの喜びようはたいへんだった。しかし、撮影直前、その役は取りあげられた。腕ききのプロデューサーはやさしく言った。

「どうも、イメージが違うらしくてねえ」

配役変更の理由はほかにあるとわかっていても——黙って引き下がるだけだった。イメージは、尺貫法でもメートル法でも計れない。

科学は限りなく進歩して、男女産みわけも可能になったと言う。けれど——そうして生れた女性がどんなに優秀であっても、将来、自分の望む仕事につけるかどうかはわからない。向学心に燃えて男子に劣らず勉強すればするほど、生きる道が狭くなることは、明治大正の昔から、あんまり変っていないらしい。

浅草の下町娘だった私が、大学へ行きたい、と言いだしたとき——何かにつけてかばってくれた母までが大反対だった。それでは、嫁の口がますます遠くなる、さきざきどうするつもりか、と心底、心配した。働くと言っても、どっちみち女の仕事は限られている、と知っていたからである。

その母を――学校の先生の資格をとるから……と説き伏せておきながら、卒業間際に退学届を出してしまったのは、ほんの些細なことから、教師という職業に絶望したからだった。その当時は――傷つきやすい乙女心、などと自分を甘やかしていたけれど――融通のきかないその潔癖さは、結局、やっぱり女、たかが女と言われるところかも知れない。

その後、いろいろあって――私は映画女優になった。これは女性に限る仕事だから、特に男性と差別されることもなかった。すべての条件は同じこと――待遇のよしあしは生れついての姿態と能力、プラス努力と運と思っていたからサッパリした気持だった。ただ――私の場合、中途半端な学歴が障りになって、何かにつけて生意気なと思われて困ることもあった。昭和九年、活動写真から、ようやく映画へ脱皮していった頃の話である。

それから五十年あまり――この社会の女性の活躍はめざましい。大学出の女の人たちが、女優、シナリオライター、ディレクター、プロデューサーなどそれぞれの分野で立派な仕事をしているし、歯切れのいいニュースキャスターの解説をきいていると――やっと、女性の時代が来たのではないか、と思う。

しかし――何百年、何千年かかって綿密に組みあげられた男性社会である。そう簡単に女性をうけいれるはずもない。男性同様、あるいはそれ以上の成績で四年制大学を出たとしても――機会均等法に対して「男女○人」という表記を隠れみのにして、相変らず女性を敬遠している、と、ある大学の就職指導担当者が、企業への不信を訴えている。

劇《はげ》しい競争社会である。ほとんどの企業は、固く結んだ協定をひそかに破ってまで、人材獲得に狂奔している。それなのに何故、女子大生をとろうとしないのだろうか、男子以上の能力をもっている女性が大ぜいいるというのに。

「リスクが多すぎる」

それが企業の言い分である。

「女性の生活は、結婚、出産で一変する。せっかく人材をさがし、時間と金をかけて教育しても、やめられたら、すべて終り……」

たしかに——一理ある。そんなことは絶対にない……とは言えない。職業をもつ女性にとって、それはごく普通の——そして、一番むずかしい問題だと思う。

「四年制女子の場合、小学校から大学までずっと共学という女子が多い。授業もクラブ活動も常に男子と対等。女性だからといって、とくに差別されたり、不利だった経験がない。しかし、就職の段になって、それが通用しない。その上、職についても、当然、最初は責任ある仕事は任せられない。男女平等感覚の中で育って来た女性たちの中にはそこが乗り越えられない者もいる、という」(一九八六年七月十七日・朝日新聞「揺れる女子大生」)

それも、無理のないことである。

むかしの下町の横丁で、一日に何度となく、女のくせに——と言われながら育った私が女子大へ行こうと決心したときは、しっかり積みあげられた石垣の間から、一生懸命、顔を出す雑草の気持だった。うっすりとでも陽に当ることが出来れば、それで結構——多少のいじめは、こたえなかった。

その頃、皮肉やと評判の偉い演出家に、パーティーの席上で、

「学ありの女優さんは使いにくいね、僕は絶対、願いさげだね」

などと言われても——ちょっと首をかしげてフンワリ、身をかわした。

現在、企業には、いろいろな意味で優秀な男性が集まっている。その中で、キチンと一つの椅子をしめている女性は、飛び抜けて頭もいいし、考え方もしっかりしている。たかが女と言われるような、つまらないつまずき方をする人は殆どいないに違いない。

ただ一つ——ネックは、結婚ということではないだろうか。男まさりと言われても……しあわせな家庭は、やっぱり欲しい。むずかしいとわかっていても——やさしい夫に励まされ、たすけられながら、自分の選んだ仕事をつづける……それが、殆どの働く女性の夢ではないかしら……。

その夢を叶えさせよう、と家事を手伝う男性も、このごろ少しずつふえて

きたのは嬉しい――家庭と仕事の両立は、妻ひとりの力ではとても出来ないことなのだから……。

しかし……そのしあわせが更にふくらむ筈の妊娠、出産が、第二のネックになって……結局、仕事をやめる人も多い。

ほんの少しずつだけれど、保育所もふえ、夫や母、あるいは身近かな人の手をかりて、なんとか、その壁を乗りこえる人も年毎《としごと》にふえてはいるものの――か弱い子供に、万一、何かの事故が起きたりしたときは……。

大学で児童福祉法を学んだ女性が、障害児の養護学校で働いていた。ところが、保育園にあずけていた生後七カ月の長男がすべり台から落ちて頭をうち――三年後のいまも雨の日には頭痛を訴え、年二回の精密検査はかかせないという。

「私の仕事の代償が子供のケガ。後悔してはいけないと思っても、いつも、ああ私がずっとついていたら、って。母親がいっしょにいたって事故が起きるときは起きるのにね」

その母親の辛い気持を新聞で読んで——胸がいたんだ。

日本生産性本部が主催するメンタル・ヘルス大会で問題提起をする文教大の岡堂哲雄教授のインタビュー記事も心に残った。

「……夫も妻も年々、家庭内では自分を犠牲にしたり相手を思いやるよりも、仕事や自分の欲望を優先させてきている。妻が働くのは結構だが、子供が必要とするときに、つねに対応出来るようにしてほしい。夫婦間の対話を量だけでなく、質の面でも高めることが大切だ」

その通りだと思う——でも、むずかしい。

女性が一つの仕事をするためには——家庭は持てないのだろうか？　やっぱり……。女のくせに、女のくせに——という太い声がいまもまだ、世間の隅々からきこえてくる。一応は、女性の社会進出に拍手をおくる紳士たちの中からも——女は家庭にかえった方がいい——という本音がときどき洩れてくる。

ちょっとした会社社長のひとり娘のN子さんはいつも言っていた。

「なんてったって、女のしあわせは、素敵な結婚相手をみつけることよ。仕事に一生を捧げる、なんて言ったったって——別にしたいことがあるわけでもないし……」

その彼女が何故女子大に行ったかと言えば、

「花嫁修業の一つよ、料理学校なんかへ行くより大学——それも四年制なら、かっこいいし、しばらく一流会社へ勤めれば、結婚の条件としても、有利になるし……」

利口なお嬢さんの無邪気な計算高さには……私は、ただ笑うより仕様がなかった。

この間の彼女のリクルート・カットは、やっぱり、一流会社への就職願望だろうか。そう言えば、N子さんの父親の会社は、最近の円高のあおりで危いという噂である。あてにしていたコネ採用の線が消えたのかも知れない。

カナダの女子学生カレン・ビンゲさんが帰国後、大学新聞にのせた印象記の一節……。

「日本の大学生は……何を学んだかというよりもどこの大学に行っていたかで就職先が決まり、女子学生の場合、父親の出身大学名が大きく影響するという。卒業後に何をしたいのか、ハッキリ目標を持っている人はほとんどおらず、専攻と職業が結びつかない。たいていの女子学生がOLを職業に考えているなんて、カナダでは考えられない」

読み終って——なんとなく顔を伏せた。

それにしても、この頃はかなりの中小企業で女性を募集している、という。社業を拡げるために、女の人の繊細な感覚を期待しているのだから——とハッキリ男女均等をうち出している所も多い。それなのに、多くの女子大生の一流志向は相変らず——立派な社屋をもつ有名な会社でなければ勤める気がしない、と言われては——同性として何とも寂しい。

こんな状態は、これから先いつまでつづくのだろうか。女性はやっぱり、大学へゆく必要はないのだろうか？

いいえ、すくなくとも私は——行ってよかったと思っている。格別の学問は身につかなかったけれど、四年近く、大学という囲いの中で読んだり考えたり——青春時代を充分悩むことが出来たのは、しあわせだった。社会の荒波の中へ足をふみ出したら最後、押され、流され——立止って、あたりを見まわすことも出来なくなってしまうのだから……。

折角、女性が勉強しやすい世の中になったのに……女子大生の皆さん、大学生活をもっと大切にして下さい。これは、むかしむかしの女子大生くずれからの——お願いです。

せめて一点やって！——お茶の間の高校野球——

「エッ、今のあれアウト？　セーフじゃないの。カワイソウ」

「アッ、打った、大きい——アラ捕られた……カワイソウ」

「サア、よく球をみて——ア、また三振、カワイソウ」

この夏、毎日のように茶の間のテレビの前で野球の中継をみていて、ブツブツ独り言を言っている私に、ある日、家人がとうとう笑い出した。

「あっちも可哀そう、こっちも可哀そうって、一体どっちの応援してるんだか、さっぱりわからないね」

「どっちでもいいんだけど、みんなあんまり一生懸命やってるもの……つい」

全国高校野球大会は、十代の若者たちが、一点を争って炎天下にくりひろげる、素敵なドラマである。

全国三八四七校という膨大な数のチームが、何十回、何百度と、投げて打って、走ったあげく、やっと甲子園へたどりつけるのは四十九校——。夢にまでみた念願のグラウンド。数万の観客の視線を浴び、頬を真赤に染め、玉の汗を流し、泥まみれになって繰り返すその攻防の一瞬一瞬の表情には、老女ファンの胸をさえ、高鳴らせるものがある。

家人によれば、私のような無責任な見方は、心情野球見物というのだそうな。うまいことをいう。試合の駈け引きや、戦術などサッパリわからないけれど、とにかく勝負ごとである。どちらか一方が確実に負ける。その成行きや、勝ち負けの決定的瞬間までが私たちを昂奮させるのだけれど、戦いが終ったあと、球場の砂をそっと両手でかき集め、出入口から肩を落として去ってゆく敗軍の姿は、いつみても痛々しい。

あの中には、再び、あの背番号のついたユニホームを着ることのない少年も何人かいるはずである。一発のホームランで、スポーツ紙を大きな活字や写真で飾った少年にとって、甲子園のひとときは、一生忘れられない、輝かしい思い出として残るにちがいない。そんなとりとめのない連想を追うだけでも、けっこう楽しい。

とりわけ——判官びいきというのだろうか、私のようなオッチョコチョイ人間は、目の前の不運な弱者に、やたらに同情して気をもむせいか、見終ったあと、ひどく疲れてしまう。ホントはどっちが勝ってもいいのに……。

それにしても、面白いと思うのは、ふだんは城下町の一郭にある老舗の大旦那らしい御仁が、赤い鉢巻をしめ、メガホン片手に、応援団長の蛮声をうるさいともいわず手拍子を打って興じているスタンド風景である。

なにが、この初老のダンナをこの地へ呼びこんだのだろう。結末が書かれていないドラマだから面白いといわれる野球見物の興味のほかに——出身母校の栄冠を祈る父兄たちの裏話をあれこれ想像したりもする。

この間、テレビは、殖える一方の農協の借金に追われて、とうとう離散の憂き目に遭った酪農一家の悲劇をみせていた。小規模な輸出産業が、円高のあおりを受けて行き詰ったというニュースもみた。世知辛さは、一見おだやかな地方都市にも暗いかげを落としている。働いても働いても食べていけない世の中なんてヘンだとおもう。遊び方を知らず、働き癖が身にしみついている律義な日本人の多くが、いま途方に暮れている。そうした苦しい家庭事情の子弟も、この選手たちの中に、一人や二人いないとはいえない。一球一打に歓声の湧き起る球場の昂奮を見ながら、それぞれの郷土をとり巻いている暗い一面を連想するのは、なんとも気が重い。それだけに、はるばる出かけて来た、どのチームにも――なんとか勝たせたい、という奇妙な心情になってくる。試合の成行きにつりこまれてゆくうちに……審判の判定にまで、思わず声をあげてしまったりするから、おかしい。

人生には運不運がある。もしもあの時、という想いは、よかれ悪しかれ誰の胸にも残っている。「あの回で、投手がもう一球、低目のボールで攻めていたら、あのホームランはなかったはずだ……」

というような結果論もよく耳にする。

「あのショートからの送球が……」とか、

「あのデッドボールで彼が負傷しなかったら」とか……。

私のように野球見物のシロウトでさえ、一試合にそんな想いを何度もさせられる。チームを預かる監督さんも楽じゃないな、と思う。

それにしても、永い間、祈るおもいで、やっとたどりついた甲子園のマウンドに、はじめて立つ投手の気持はどんなだろう、とフト考える。五万以上の大観衆の喚声、おなかに響く太鼓の音、その中で小さなボール一個に勝敗を賭けて立つ投手の耳には、もしかしたら何にも聞えていないかも知れない。

チラッと頭をかすめるのは郷里の学校の小さい門、せまい運動場、出発の日の母親の心配そうな顔……一瞬、いま自分がどこに立っているのか、わからなくなるかも知れない。

俳優が、突然、前後のセリフ一切を忘れてしまうことを、この社会では、（まっしろになる）という。

私が映画女優になって間もない頃、それに似た苦い憶《おぼ》えがある。

あれは、時代劇の芝居町――オープンセットにクレーンを使っての、かなり大がかりな撮影だった。

主役の人気役者に扮した大スターが、劇場の楽屋口に群がる見物客をかきわけて、近くの芝居茶屋へ駈けこんでくる――そこで、女将《おかみ》役の私から、大事な陰謀を聞き出すというシーン。

私は前の晩から、そのセリフは充分おぼえこんでいた。当日も、入念なテストを何回も繰り返したあげく、やっと本番が始まった。

クレーンの上のカメラも、群衆の動きをうまくとらえていた。ようやく、芝居茶屋にいる私の前でそのクレーンが停止した瞬間――なぜか、突然、あたまの中がまっしろになり、なにもかもわからなくなってしまった。

私は、ただ呆然と立ちつくした。周りの一切の音が消えていた。何故そうなったのか、いまだにわからない。

あのときの監督のきびしい顔。

「ヘエー、何だい、こりゃ。こんなドジがあるかい」

このあとのさんざんな吐言《こごと》を私は忘れない。人生には、こうした、おもいがけないアクシデントがしばしば起こるものである。

緊張と昂奮の高校野球の現場でも、こうした魔のひとときが、ある日、ある選手を襲って、アッという間に勝負の流れを大きく変えてしまうことが、あるに違いない。前の日、強豪と評判の高い相手打者を立てつづけに三振に打ちとった、あの切れのいい投球が——次の日、つるべ打ちの連打を浴びて、無惨に敗退する。そんな劇的な場面を、私たちも何度か見ている。

人それぞれの持って生れた（運）の量が、その人の福分だと、こどもの頃、母から教えられた記憶がある。

幸運と不運が、そこに、どんな割合で、どんな順序でかくされているのか、誰も知らない。もしかしたら、そんな試練をお与えになった神さまさえ、とっくにお忘れかも知れない。なにしろ、おこしらえになる生きものの数が、あまりに多いから……。

幸運がパッと輝いたとき、人間はツイている、と喜び、次に不運がモソッと顔を出してくると、ツイてないなとがっかりする、人生はそうした浮沈のくり返しのような気がする。

一九六九年の夏――松山商業と三沢高校の試合は、とても面白かった。私もドキドキしながら見つづけたのをおぼえている。

延長十八回まで両軍とも点がはいらず、翌日の再試合で結局、四対二で三沢高校が負けた。その時、ずっとマウンドに立っていた太田幸司さん（現在、野球解説者）は、つい最近、週刊朝日でこんなことを語っていた。

「……延長十五、十六回と満塁のチャンスでしょ。もう勝ったと、その気になるんだけど点が取れない。田舎チームの悲しさ、いや、いいところです。エヘッ。十五回は一死満塁でカウント0―3。そのときの気持を後に井上君（当時の松山商のピッチャー）に聞いたんですが、マウンドで涙がポロポロこぼれて、ただ、（ここで押し出し四球じゃ、みんなに申しわけない）って、それだけ考えてたんだってね。松山商のほうが技術的にも精神的にも数段上でした。そんなチームと曲がりなりにも互角に戦えた。それがうれしくて、負けた悔しさなんてゼロ。自分自身によ　うやったと声をかけたいくらいです。……振り返って、〝あの夏〟――そう、人生のツキが一度に集中したような出尽くしたような――」

たしかに、あそこまでトコトン戦えれば、勝っても負けてもスガスガしいだろうと思う。たとえ、一生の幸運をほとんど使い果したとしても、悔いはないに違いない。

それにしても――見ていてやっぱり心に残るのは、やっとたどりついた晴れの舞台で、どうしても一点がとれないまま、敗れて退場してゆくチームの哀れさである。

零敗は、なんとしてもかわいそう。グラウンドに土煙をあげてのヘッド・スライディングが、またしても一瞬の差でアウトの宣告。まっ黒なユニホーム、泥だらけの腕と手。くやしさにゆがんでみえる顔がいたましい。

「神さま、お願い、せめて一点だけやって下さい。一点だけでいいんですから……」

私は単純な下町おんな。つい、手を合わせたくもなる。それも、二、三年前、テレビドラマで野球選手の役に起用されたN青年から、たまたま聞いた選手時代の体験談のせいだろう。

N君は高校三年生のとき、投手として甲子園に出場した。ようやく勝ち進んで県の代表ときまった時は、小さい村中が沸き返った。

「君たちのおかげで、こんな名誉をもらって、ワシたちも鼻が高い。こうなったら何がなんでも優勝旗を持って帰ってくれ」

そんな実力があるとは思えなかったが、村中がその話題で持ち切りになり、鉦《かね》や太鼓で送り出されたときは全く夢見心地だった。

それだけに、甲子園の一回戦で敢えなく敗れて帰ったときの辛さは、いま思い出しても身がちぢむ、と言っていた。

出発の日、日の丸の小旗をふって、まつわりついてきた幼稚園児までが、

「ヤーイ、ゼロ負けだ、ゼロ負けだ」

とくちぐちに大声あげ、あげくに腐ったリンゴをぶっつける——その場に

いた大人たちは、誰ひとり、それをとめようともしない。みんな、冷たく黙って顔をそむけていた。

「あの日の屈辱は忘れられません。その夜、ボクはユニホームを脱ぎました」

　勝つも負けるも時の運さ、精いっぱい悔いのない戦いをすれば、それで満足――と、近頃は、負けても勝っても泣かない選手が多くなったという。

　これという娯《たの》しいものが乏しくなってきている昨今、大人たちをこれほどまでに楽しませてくれる少年たちのさわやかチーム。勝ったら一緒に喜びあえばいい。負けたら、彼らを慰めてやろう。大人たちが口惜しさをこらえている少年たちの心を傷つけるようなことは決してしないようにしよう。

　作詞家の阿久悠《あくゆう》さんは、毎年、全国高校野球大会のあと、美しい詩をお書きになる。今年も（甲子園の詩'86）をスポーツニッポンの紙上に発表なさった。私の心にしみたその詩を――もう一度、読ませていただこう。

＊

いいドラマをありがとう

雨もなく　嵐もなく
ただ照りつけて彼らを見守った夏よ
雲を浮かせ　陽炎《かげろう》を立て
土に落した涙を気化した夏よ
殊勲を見　失敗を見
勝者を眺《なが》め　敗者を眺めた夏よ
少年の想い出に　大人の感傷に
光と影をあてつづけた夏よ
もう去っていい
行進の先頭には夏があるが
一番最後の選手の背を秋が押している

ここで秋と入れかわるがいい
今年もまた　いいドラマをありがとう

ほんの数十分前まで
死闘が展開されたグラウンドが
穏やかな表情を見せている
少年たちに極限を迫り
激しさを求めた土が
ただの土になって乾いている
ドームのような青空が銀箔《ぎんぱく》を落し
透明にぬけている
勝った天理高フィフティーンよ
敗れた松山商フィフティーンよ
身も心もくずおれる直前の極限で

しかし　きみらは　最高の試合をした
土や　風や　空が
示して見せる穏やかさは
そのことに対する満足だ
本橋投手の百二十七球目
最後の一球になお心を残した好試合は
去り行く夏の誇りになる
夏よ
そして　両校よ
いいドラマをありがとう

＊

私もいいたい。ほんとにありがとう、健児のみなさん！

〝場ちがい〟人生の感慨

この夏、テレビの子供番組の中で、宇宙の話をしていた。

「……また、新しいお星さまがみつかりました。このお星さまは生れてから、まだ一万年の可愛い赤ちゃんです」

え？　一万年？

茶の間で長じゅばんの衿をかけ直していた私は、おどろいて顔をあげた。

ブラウン管の中では、若いきれいなアナウンサー嬢が、やさしくほほえみ、バックには沢山の星が輝いていた。

「……このお星さまが大人になるのは、あと十万年ほどたってからなのです」

へえ、そうなの――十万年なんて、なんだか気が遠くなりそうな話である。

そうすると……どんなに生きたとしても百何十歳という人間は、宇宙の塵《ちり》の一つにも当らないということかしら——と、溜息が出た。

生命の誕生は三十五億年も前のことだというし、隕石が地球と衝突して月になったのは、五十億年も昔の話だときいたときは、これほどがっかりしなかった。何故だろうか。もしかしたら、庶民にとっては、億という数より万の方が親しみやすいせいで、ショックが大きいのかも知れない——その晩、お星さまの夢ばかりみた。

二、三日たって、そのテレビは蟬《せみ》の話をしていた。

幼虫から成長するまでの六、七年間はじっと地面の中にうずくまっているらしいが、柔らかくて小さいその身体《からだ》を狙う天敵はとても多くて、生きのびられるのはせいぜい一パーセントぐらいだという。それなのに、やっと地上へ出て、声をかぎりに鳴くことが出来るのはたった一週間。蟬の生命はそれでおしまい、とは……何とまた短い一生だろう——今度は、蟬の夢をみた。

星やら蟬やら、創造の神さまは、ほんとにいろいろなものをおこしらえになる。そして、すべてのものに、それぞれの生命を与えていらっしゃる。

小さい地球の上に生れる、数かぎりない人間にも、長命もあるし、短命もある。私はどうやら永い方らしい。なんとなくウロウロしているうちに、喜寿をすぎてしまった。

それでも、この頃はさすがに終点がチラホラ見えてきた。そのせいか、フッと過ぎて来た道を振り返ったりする……なんだか、おかしな一生だった。

浅草の歌舞伎作者で、粋な江戸っ子だった父は、ときどき、小娘の私をつかまえて、眉をしかめたものだった。

「まったく、バチだな、お前は……」

バチは場違い――本場の品物ではない、ということ。つまり、

(お前はこの家に似合わない女の子だ)

と、嘆いていたわけである。

そうかも知れなかった。下町娘のくせに、化粧もしないし、おしゃべりも嫌い。三味線や踊りの稽古所からこっそり抜け出して、玄関の隅の方で小さ

くなって本ばかり読んでいたのだから……。年頃になってもサッパリ色気が出ない、と親たちを嘆かせた。

おかしいことに——父のその言葉は、私の一生をピタリと言いあてていた。私はそれからずっと、どこへ行ってもバチだった。

(人間は何のために生きているのかしら? 私はこれから、何をしたらいいのだろう!)

おませな少女の胸は知りたいことがいっぱいだった。むりやり、親にたのみこみ、上の学校へ行った。

けれど、女教師になる夢は、卒業間際に破れてしまった。ちょっとした先輩の生き方にひどく失望したのは、下町育ちの単純な潔癖さのためだった。教育という仕事は、私にはとても出来ないような気がした。

思い切って飛びこんだ新劇の世界では、

「まじめに働く人たちが、みんなしあわせになるために……」

そう言いながら誰も彼も一生懸命、芝居をしていた。私はそこで、やっと自分の坐る場所をみつけたような気がして……嬉しかった。

だから——治安維持法に触れたあげくの、拘置所暮らしも、格別、後悔はしなかったけれど——やがて、いろんなことが起こって……結局、私は文学少女。政治運動には向かないことをつくづくと思い知り、挫折した。これこそまったくの、場違いだった。

家族の重荷にならないように、何とか自分で稼がなければ——そう思って、兄のすすめに従い、間もなく映画界へはいった。女優としての才能があるとは思っていなかったし、芸能界というところに、なじめそうもないことも、よくわかっていた。そして、その通り——そこは私にとって、かなり居辛い場所だった。

世間には、私のように、ほんとは何がしたいのか、何が自分に向いているのか……よくわからない人が案外、多いのではないだろうか。私はあれこれ迷ったあげく、行きどまりの狭い空地に迷いこんだ感じだった。

（私には、この場所は似合わない……）

そう思いながら、出てゆくあてもなく、なんとなく、そこに坐り込む羽目になってしまった。

そのうちに――自分の生き甲斐をいつまでもウロウロと探しまわっているわけにもゆかないし、少々、気に染まないことがあっても――私は私なりの生き方をしてゆくように心がければいい……ホンのすこしでも、自分のまわりに、おいしく吸える空気を集めるようにしよう――そう決めたら、いくらか気が軽くなった。職業として脇役をえらんだことや、この世知辛い世の中で、お金を稼ぐということは並たいていのことではない、と朝晩、自分自身に言いきかせてきたせいも、多少はあったのかも知れない。とうとう五十年あまり、バチはバチなり、同じ場所に居つづけてしまった。

「いつまでもお元気でね」

このごろ、よく、行きずりのお人が声をかけて下さる。永い間、映画やテレビで見慣れた顔に、親しみを感じて下さるのだろうか。

私も、出来るだけつづけたいと思っている。なんのかのと言いながら、だんだん、この世界のいいところも、役者という仕事の楽しさもわかってきたことでもあるし……。

しかし——齢《とし》には、やっぱり勝てない。役者の資本は身体一つである。ドラマの中ですることは、すべて、その役の人のすることでなければならない。ぐうたら息子の甘えを、きびしくたしなめた老母は長火鉢の前から、サッと、かっこよく立ち上ることになっている。モソッと腰をあげて、ドッコイショ——では、しまらない。長い階段を駈けあがるシーンはいや、大きい荷物を抱えて逃げるのもだめ——では、芝居にならない。生れつき、ひ弱なせいもあるだろう……齢とともに、めまいがしたりする。

(店を、ぐっとせばめなければいけない)

そう気がついたのは、かれこれ七、八年前のことだった。

(今年の私は、去年の私とは違う。欲張ってはだめ。いまの私に出来るだけのことをさせてもらわなければ……)

舞台も映画も一切、辞退して——お声がかかれば、テレビとラジオだけ

——そう決めた。多少の未練は……たち切った。

そして、いま——よかったと思っている。このごろ、齢のわりに元気でいられるのは、あのとき、肩の力を抜いたせいに違いない。おかげで、自分でもおどろくほど、身も心も軽くなった。

（人間は何のために生きているのか、何をしたらいいのか）

少女の頃からの疑問は、いまもさっぱり、解けないけれど——とにかく、ここまで一生懸命生きてきたことで、私の一生はどうやら、一区切りついたのではないだろうか。これから先の、残りの時間は、もしかしたら、どなたか優しい神さまが、

「ながいこと、ご苦労だったね」

と、ご褒美に下さったのだろう……などと勝手に思いこんだりすると、なんとなく、生きる気力が湧いてくる。

私は大体、おまけ人間——それが、最後にもらったおまけの時間だから、別にもう、しなければならないことはなんにもない筈。あれこれ、からみあ

って面倒な人間社会をそっと一足さがって眺めるのはけっこう楽しい。齢を重ねるほど、人の心がよく見える。

心配は一つ――おまけの日々が永すぎて、私もやがて、老人性痴呆症……老人ボケになるのでは、ということである。感情のままに動きまわる本人は、案外気楽かも知れないけれど、一緒に暮らす人の苦労を思うと、やっぱり、そうはなりたくない。つい、新聞雑誌に溢れる高齢化社会の記事をあれこれ読み耽る。昔は、永生きはおめでたいことだったのに、いまは、平均寿命がまたのびたときく度に、なんだか申しわけないような気がしてくる。

精神医学の先生方のお話では、老齢になるほど個人差が大きくなるから、何歳になればかならずボケるとは決まっていないそうである。東京都福祉局の在宅老人の調査によれば――七十九歳までは軽度痴呆をいれても五パーセント。八十すぎても、いわゆる痴呆は、百人に三人という。

よかった――それなら、なんとか、残りの九十七人の中にはいれるよう、わが家の「ボケない会」の運動に力をいれよう（会員は二人――家人と私）。

老人の記憶の歯車を狂わせるきっかけは、どうやら、日常生活の変化にあるらしい。永い間、わきめもふらず打ちこんできた仕事を、定年のためにやめたり、大切な家族や親しい友人と死別するようなことがあれば、落ちこんでしまうのも無理はない。子供の世話になるために住み慣れた街を離れるとか、古い家を建てかえるとか——ごくありがちな暮らしの変化にも、年寄りの細い神経は、バランスを失ってしまうことが多いという。

「悪あがきをしないこと」

わが家の会の、会則第一条である。そうは言っても、何かおこれば当座はジタバタするものの、なるべく早く気をとり直し、あるがままの事態を受け入れる覚悟をしなければ……。おまけの人生には、あきらめが何よりかんじん——自分の暮らしのリズムを乱さないように、サバサバとあきらめよう。

それにしても、上手に齢をとるのは、やっぱり、相当むずかしい。ああでもない、こうでもない、と自分を励まして、やっと持ちつづけた気力が、ちょっとした身体の故障のために、たちまち、ヘナヘナとくずれそうになるのだから……。

そんな自分をわれながら持てあますとき、私は口の中で、

（一病息災、一病息災）

と、そっと唱えることにしている。このおまじないは、なかなか、よく効く。

この齢まで生きてくれれば、どこかしら痛んでいるのは当り前——いくつになっても無病息災では、なんとなく愛敬がない。どこかが痛めば、無理もしなくなる。私のめまいは私の赤信号——ハイ、それまで、とそっと袖をひいて、たしなめてくれるというわけ——つまりは、一病息災である。

こわれ易い老女の身体をなだめすかして動かすためには、それなりの運動もしなければならない。お昼のニュースを聞きながら、竹踏みをすれば、腰に疲れがたまらないし、夕方、廊下や格子に雑巾をかけるのは、肩のコリを軽くするため——明治女の健康法は、なんとも世帯染みている、と我ながらおかしいが、手を動かせば、血のめぐりがよくなる、といつか、偉い先生が

仰しゃった。夜、寝しなによく梳いた髪を、朝、起きがけに鏡台の前で結いあげれば、スッキリして気が晴れる。お洒落も、年寄りのストレス解消になる。

「みんなのうた」はNHKの朝の番組の一つである。わが家のごひいきは、以前よくきかせてくれた、

「二人は八十歳」

曲はユダヤの古い民謡だそうだけれど、伊藤アキラさんの作詞の、なんとも楽しいこと。私たちはいまも、その一節をくちずさむ。

『お茶でも飲もうか、おばあさん
ハイハイ、飲みましょ、おじいさん
二人でおせんべ、はんぶんこ

……………

二人は八十歳

表で誰かの声がする
あれはお向いの犬でしょう
ちがうよ、となりの猫《ねこ》だろう
誰もこないのもいいもんだ
静かにお話できますね
しずかすぎても眠くなる
二人は八十歳
………………
いまでもわしが好きだろか
あら、あら、そんなオホホホホ
そりゃまあ、そうだねアハハハハ
そろそろ寝ようか、おばあさん

　そろそろ寝ましょう、おじいさん
　空にはまあるいお月さま
　　二人は八十歳』

　私たちも残りの日々を、こんな風におだやかに暮らしたい。

　サァ――たかが脇役女優の言いたい放題の雑文も、もうおしまいにしなければ……どこかで、父の声がする。

「もういいかげんにした方がいいよ、お前はここでも、やっぱりバチさ」

　ハイハイ、ほんとにそうしましょう。

　私もやがて、八十歳。

ＪＡＳＲＡＣ　出１３０７８３３―３０１

解説　粋《いき》な女《ひと》

秋山ちえ子

沢村貞子さんのすべては粋（いき）という言葉でおさまりがつくような気がする。平成元年十一月、八十一歳で俳優の仕事はおしまいと、さっと幕を引いてしまったあのいさぎよさ。

若さの秘訣はと問われれば、今日のいやなことはさっさと忘れ、明日のことに心を煩わさないことだと、ためらうことなくいってのける見事な居直りぶり。

ゆったりとした着物の着方のあの味わい。

世界中が得をすること、それは〝平和よ〟と、臆することなく口にする一本筋の通った考え方の快さ。

生きているということは働くこと。女の自立だの生き甲斐なんていわないのが下町の女。私もずーっと仕事を続けてきた浅草育ちの女と、さりげなく口にするあの口調。

私はいつも沢村さんをまぶしく眺めている。

そして、今からでも遅くはないと、沢村さんの著書を身近かに置いて頁を繰る。が、沢村さんの〝粋〟の根源を知れば知る程、やっぱり私の〝粋願望〟は、少々手遅れかなと、苦笑が浮ぶ。

私の知っている沢村貞子さんの著書は『私の浅草』（暮しの手帖社）『貝のうた』（新潮文庫）『私の台所』（暮しの手帖社）『わたしの茶の間』（光文社）『わたしの三面鏡』（朝日新聞社）『わたしの脇役人生』（新潮社）『わたしの献立日記』（新潮社）の七冊である。七冊の中の六冊は、「わたし」が題名につけられたもので、日常生活の中で、したこと、見たこと、聞いたこと、感じたこと、考えたことが記されている。女の日常生活といえば、三度の食事の仕度、掃除、洗濯、近所付きあい、買物、噂話の繰り返し。よくまあ、本が書けると思う方がおいでかもしれない。が、その心配は無用。「十人十色」という言葉が示すように、一人として同じ顔や性格の人間はいないし、その暮しぶりも多種多様、千差万別。人間だけではない。窓という限られた場で見る風景だけでも、一年三百六十五日、いや、毎日、時々刻々変化している。このことに気がつくか、つかないかが、生活を楽しめるかどうか、沢村さんのような文が書けるかどうかの別れ道。つまり好奇心や感性が物をいうということでもある。沢村さんは好奇心のかたまり、感性の豊かで、鋭い人なのだ。

『貝のうた』は沢村さんの生きてきた道の記録、自叙伝の前半といってもいい。

浅草、宮戸《みやと》座の狂言作者の父の許で育てられた子どもたちは、男の子は長男は後の沢村国太郎、弟は加東大介、二人とも役者になった。

女の子は二人とも日本女子大に進学している。学問好きは祖母の血がひきつがれたようである。当時、女の子が高等教育を受けるのは大へんなことであった。姉妹は養母と父親に夫々一札入れている。

「女子大にはいっても、けっして生意気にはなりません」「お金の迷惑はいっさいかけません」と。

その頃、若者たちは細井和喜蔵の『女工哀史』を読みあい、熱っぽく、しかしひそかに時勢を批判しあった。沢村さんはこの渦からはぬけて、貧しい子どもたちの教育に身を捧げようと、教師になることを夢みていた。が、いつしか新劇の世界に魅力を感じ、俳優座の研究生となった。そのために女子大は四年生の半ばで退学というはめになった。

私は『貝のうた』の解説を書くためにペンを走らせているのではない。が、沢村さんのきっぱりとした〝粋な生き方〟は天性のものだけでなく、生きる過程の中で体験した沢山の喜び、悲しみ、苦しみの積み重ねが、うまく醱酵し、熟成された所に生み出されたものであることを実証するために、この本を引き合いに出しているのである。

昭和初期のあの頃、新劇に対する治安当局の弾圧は次第にきびしくなり、沢村さんは刑務所暮しをすることになった。

『貝のうた』の中でこんなことをのべている。

女子大に進学した当時は、この程度のものを学ぶだけなら独学でもできる筈と、生意気なことを思ったが、今では、運よく学生生活を送ることができたからこそ、青春を充分になやむことができた。社会の流れに飛びこむ前に、学校という囲いのなかで、ゆっくり考えることができたのはしあわせだったと。考える習慣が身につくことの大事さを、もっと今の若者たちに認識、理解させたいと、私は強く思っているだけに、沢村さんのこの言葉を特記したいのだ。

沢村貞子さんの粋で洒脱で一本筋の通った人間性は、この青春時代の過し方と、もう一つ、幼い頃のお母さんの躾が大きく物をいっていると思う。

「三つ子の魂百まで」という言葉がある。これは昔の人が、生活の中で実感として体得したものを伝えたものだが、今日ではこの言葉の真実性を、大脳生理学や幼児の心理、教育の分野の学者たちが学問的に理論づけをしている。簡単にいえば、人間として大事な躾教育は、幼稚園や学校でしてもらうものではなく、生れてすぐから、親や周辺の大人によってされるもの。大人たちの言動は、約百四十億個あるといわれている乳幼児の脳細胞に、コンピューターの基礎データを打ちこむようにピンピンと記憶されるといわれる。

沢村さんの幼児期のお母さんや近所の人たちとのふれあいを知ると、頷けることばかりである。特にお母さんの言動や生活ぶりが、娘の貞子さんの人間形成に、いかに大きな影響を与えているかがよくわかる。

「もの心つくとすぐに、竹箒で表の道を掃いていたし、鉄のお釜にのしかかるようにしてお米を磨いだ」

「女の子は泣いちゃいけないよ。なんでもじっと我慢しなけりゃ。泣いているとご飯の仕度が遅くなるからさ」

母親は娘を容赦なく仕込む。

「こたつにもぐりこんでいないで、少しは表に行ってあばれといでよ。この子ったらいやらしい。ご隠居じゃあるまいし……子どもは風の子だよ」

こんな言葉を目にすると、〝いいね、浅草の母さんの子育ては……〟。今の若い母親に爪の垢でも煎じて飲ませてやりたい〟と、私も啖呵を切ってみたくなる。

人情やあけっぴろげは下町の味。八百屋のおかみさんは学校帰りの沢村さんをよびとめる。

「あたりみかんがあるよ。母ちゃんにそうお言い」

箱の隅っこで押しつぶされたり、むれたりしたみかん、そのまま捨ててしまうのももったいないと、売る方も買う方もサバサバしている。お互いの財布の中味を知りつくしている裏町のおかみさん同志のいたわりあいでもある。間違っても「くされみかん」とはいわない。目ざるいっぱいのみかんをうれしそうにかかえて、イソイソと帰る女の子。


いじめっ子、ガキ大将、父の浮気、職人気質、人情、義理、しきたり、野暮、粋。下町の子どもたちは、沢山の人間臭さに取り囲まれて育っていた。

人間形成の基礎はこうした体験と躾できちんと地固めがされる。その上にやってくる自我のめざめ、反抗期こそが人間を本ものの大人に育てあげる肥料となる。

「そんな屁理屈きいてるひまないよ」と、浅草の母さんに叱られそうである。


沢村さんはよく食事や食物を話題にする。

それはいつも家庭で作る「おかず」のこと。ひじき、五目豆、白菜漬、ごまよごし、魚の照り焼等々のこと。どうしてこの頃の大根といえば甘くて、やわらかくてたよりない青首大根ばかりなんだろうと、固くて一寸ピリッとした辛みのある大根を懐しむ人でもある。手ぬきをしないで作れば、同じおひたしでも料理屋のものより美味しいといった料理の話である。

沢村さんの食物の話にグルメなるものは出てこない。私もグルメときくと、何となくあやしげで、うさん臭い感じを持ってしまうので、この点もうれしくなる。それに、沢村さんの料理の手秤《てばかり》、目秤《めばかり》がいい。計量カップやスプーンには頼らない。但しこの秤は自分でよくよく使いこんでおかないと、役に立たないどころか、とんでもない失敗をすると注意が添えてある。

これはふだん台所に立っている人ならではの言葉である。

もう一つお母さんのことをいわしてほしい。

お母さんの化粧水はヘチマの水。台所の窓の下に植えたヘチマの苗は、日が当らなくてもいつもたくましく育つ。八月の十五夜の夜、蔓を根から一尺五寸程のところで切って、一升瓶に差しこみ、ポタリ、ポタリとおちる露が、一か月もたつと半分位になる。ほんの少し硼酸《ほうさん》を入れて煮立てて、布でこしたものがお母さんの一年分の化粧水となる。私の母は明治二十九年生れだが、八年前に亡くなった。この母が沢村さんのお母さんと同じようにヘチマの水の化粧水を使っていた。安いこの化粧水で八十六歳で亡くなる日まで、皺が少く肌がツルツルしていた人であった。

私にとって明治の女性はやはり畏敬に価する人であり、その芯の強さに憧れる。

私も残りの人生を最優先に考える年齢になった。それだけに沢村さんの『わたしの脇役人生』は共感、共鳴することが多く、私の生活信条にしようと思う言葉も見つけた。

「少々ぐらいいやなことは、黙って我慢しなければ、なかなか平和に暮らせない。ただこれだけは、どうしてもいやだと思うことは、しないようにしなければ……決して、しないように。

残りの人生をそういうふうに生きてゆくためには——目立ちたがらず、賞められたがらず、齢にさからわず、無理をしないで、昨日のことは忘れ、明日のことは心配しないで——今日一日を丁寧に——肩の力を抜いて、気楽にのんきに暮らしていこう。もし、呆《ぼ》けて調子が狂って、みなさまにご迷惑をかけたら——お許し下さい」である。

何とまあ、しゃれて、小粋なご挨拶。これこそ今日の沢村貞子さんの真骨頂の名言である。

沢村貞子さま。私も八十一歳になったら、これと同じことを皆の前でいわせていただいてよろしいでしょうか。

沢村貞子さんに「粋な八十五歳の辯《べん》」「粋の人、沢村貞子、九十歳の言い分」等を期待する人が多いことを最後に書いておきたい。

（平成二年三月、評論家）

「名脇役」沢村さんの思い出

寺田　農

いつの頃からか、ちょいとテレビなどで名の知られた役者の訃報に接すると、お定まりのように「名脇役」という字が躍るようになった。近い将来わたしもその恩恵に浴するのかもしれない、ありがたいことである。

「あぁ、これはもうダメだな。辞めようって……」

沢村さんが「華麗な花のスターの動きに従って、うしろや横からほどよく枝を出したり葉を茂らせたり、目立たないように散っていったり……」の「六十年にわたる女優業の店じまい」を決めたのは八十一歳の時で、多くの人たちを驚かせた。

「この間、テレビの本番でね、あぁあなたも居たじゃない、あの時、茶の間に座っていて台詞を言いながら立ち上がるとこがあったでしょ。あたしはもう足腰が弱ってるから、前にある長火鉢に手を添えて立ち上がったの。テストのときはそれでうまくいってたのに、本番直前にスタッフの誰かが長火鉢の位置をちょっと変えたのね、手をのばしても届かないとこにあるのよ。アッと思ったんだけど本番中だしそのままなんとか立ち上がって終えたの。他人にはわからないだろうけど、その瞬間の心の動揺がハッキリと画面に映ってるの、いったい誰が位置を変えたんだろう……で、そのとき思ったの。あぁあたしは自分の失敗を誰か他人のせいにしようとしている、これはダメだな、辞めようって……」

　愚かにも、スタジオの片隅のモニターでその瞬間を観ていたわたしにはそんなことはこれっぽっちも感じられなかった。

「他人《ひと》様」に迷惑をかけない。これは浅草の下町で「芝居ものの一家」に生まれ育った沢村さんの生涯を通しての生き方でもあった。

　はじめて出会ったのは五十年近くも前のことであるから、沢村さんが五十代後半の頃だったろう。

　二十歳を越えたばかりのわたしは、すでにテレビの「青春物シリーズ」でいっぱしのアイドルスターであった。もともと自ら望んで役者になったわけでもなくただなんとなくなりゆきでこの仕事をやっていただけのことである。心の底では早くこんな業界から足を洗って大学に戻るのだと、そんないい加減な気持ちでやっているのだから毎日の撮影では遅刻の大常習犯である。

　そんなあるとき、沢村さんと親子の役をやることになった。

はじめて顔合わせする撮影初日、案の定わたしは三時間も遅刻をして沢村さんをお待たせすることになる。しかし、いまさら言い訳をするわけではないが、その日は他のテレビ局の仕事が前にあって、その仕事が予定をはるかにオーバーしたために遅刻となったので、わたしとしては遅刻に対する正当な理由があったのである。

「おまえさん、いったい何時間待たせるんだい！　あたしもここにいるスタッフのみんなも一ン日おまえさんに買われてるワケじゃないンだよッ!!」

その瞬間、スタジオのなかが凍りついたように静まりかえった。わたしはその貫禄、迫力に圧倒されてしかたなく土下座をして謝った。

しかし、一喝したあとはサッパリとして、ごく普通になごやかに撮影は進められていった。こだわっていたのはわたしのほうで、ロクに口もきかずに不貞腐れていた。

「この仕事はみんなでやっていくもンなの、だから遅刻だけはしちゃいけないよ、芝居が少々ヘタでも誰にも迷惑かからないけど、遅刻はね、みんなに迷惑がかかるでしょ……」そのときの役柄どおり、出来の悪い息子を諭すようににこやかな笑みを浮かべながらそっとおっしゃったのである。

そう、芝居は努力しても上手くなるとはかぎらないが、努力をすればせめて遅刻だけはしなくなる。まさしくおっしゃるとおりである。

後年、沢村さんと同じ事務所に入れていただくことになり、この土下座の話をしたところ、ご本人は覚えがなく「そう、あたしも若かったのね……」と、童女のように顔を赤くされた。しかしあれ以降、わたしが芝居はともかく遅刻だけはしないようになったと申しあげると、「あなたねぇ、なにも難しいことやろうとしなくていいのよ。普通にやってればいいの。健康で長生きしてれば、そのうちまわりが居なくなっちゃうんだから……」にっこりとすまして、そうおっしゃる。

溝口健二、小津安二郎、成瀬巳喜男など日本映画の黄金時代の巨匠と呼ばれる監督たちの多くの作品に、これだけ愛され重用された女優さんはいない。

ねぇッ、「名脇役」とは、沢村さんのような方を言うのですよ。

本書は一九八七年四月新潮社より刊行され、一九九〇年四月、新潮文庫に収録されました。底本には新潮文庫版を使用しました。

思考の整理学　外山滋比古

アイディアを軽やかに離陸させ、思考をのびのびと飛行させる方法を、広い視野とシャープな論理で知られる著者が、明快に提示する。

質問力　齋藤孝

コミュニケーション上達の秘訣は質問力にあり！　これさえ磨けば、初対面の人からも深い話が引き出せる。話題の本の、待望の文庫化。（斎藤兆史）

整体入門　野口晴哉

日本の東洋医学を代表する著者による初心者向け野口整体のポイント。体の偏りを正す基本の「活元運動」から目的別の運動まで。（伊藤桂一）

命売ります　三島由紀夫

自殺に失敗し、「命売ります。お好きな目的にお使い下さい」という突飛な広告を出した男のもとに、現われたのは？（種村季弘）

こちらあみ子　今村夏子

あみ子の純粋な行動が周囲の人々を否応なく変えていく。第26回太宰治賞、第24回三島由紀夫賞受賞作。書き下ろし「チズさん」収録。（町田康／穂村弘）

ベルリンは晴れているか　深緑野分

終戦直後のベルリンで恩人の不審死を知ったアウグステは彼の甥に訃報を届けに陽気な泥棒と旅立つ。歴史ミステリの傑作が遂に文庫化！（酒寄進一）

向田邦子
ベスト・エッセイ　向田邦子　向田和子編

いまも人々に読み継がれている向田邦子。その随筆の中から、家族、食、生き物、こだわりの品、旅、仕事、私……、といったテーマで選ぶ。（角田光代）

倚りかからず　茨木のり子

もはや／いかなる権威にも倚りかかりたくはない……話題の単行本に3篇の詩を加え、高瀬省三氏の絵を添えて贈る決定版詩集。（山根基世）

るきさん　高野文子

のんびりしていてマイペース、だけどどっかヘンテコな、るきさんの日常生活って？　独特な色使いが光るオールカラー。ポケットに一冊どうぞ。

劇画　ヒットラー　水木しげる

ドイツ民衆を熱狂させた独裁者アドルフ・ヒットラーとはどんな人間だったのか。ヒットラー誕生からその死まで、骨太な筆致で描く伝記漫画。

わたしは驢馬に乗って下着をうりにゆきたい　鴨居羊子

新聞記者から下着デザイナーへ。斬新で夢のある下着を世に送り出し、下着ブームを巻き起こした女性起業家の悲喜こもごも。（近代ナリコ）

遠い朝の本たち　須賀敦子

一人の少女が成長する過程で出会い、愛しんだ文学作品の数々を、記憶に深く残る人びとの想い出とともに描くエッセイ。（末盛千枝子）

神も仏もありませぬ　佐野洋子

還暦……もう人生おりたかった。でも春のきざしの蕗の薹に感動する自分がいる。意味なく生きても人は幸せなのだ。第３回小林秀雄賞受賞。（長嶋康郎）

私はそうは思わない　佐野洋子

佐野洋子は過激だ。ふつうの人が思うようには思わない。大胆で意表をついたまっすぐな発言をする。だから読後が気持ちいい。（群ようこ）

色を奏でる　志村ふくみ・文　井上隆雄・写真

色と糸と織――それぞれに思いを深めて織り続ける染織家にして人間国宝の著者の、エッセイと鮮かな写真が織りなす豊醇な世界。オールカラー。

老いの楽しみ　沢村貞子

八十歳を過ぎ、女優引退を決めた著者が、日々の思いを綴る。齢にさからわず、「なみ」に、気楽に、と過ごす時間に楽しみを見出す。（山崎洋子）

おいしいおはなし　高峰秀子編

向田邦子、幸田文、山田風太郎……著名人23人の美味な思い出。文学や芸術にも造詣が深かった往年の大女優・高峰秀子が厳選した珠玉のアンソロジー。

パンツの面目ふんどしの沽券　米原万里

キリストの下着はパンツか腰巻か？　幼い日にめばえた疑問を手がかりに、人類史上の謎に挑んだ、抱腹絶倒&禁断のエッセイ。（井上章一）

新版　いっぱしの女　氷室冴子

時を経てなお生きる言葉のひとつひとつが、呼吸を楽にしてくれる――。大人気小説家・氷室冴子の名作エッセイ、待望の復刊！（町田そのこ）

真似のできない女たち　山崎まどか

彼女たちの真似はできない、しかし決して「他人」でもない。シンガー、作家、デザイナー、女優……唯一無二で炎のような女性たちの人生を追う。

井上ひさしベスト・エッセイ　井上ひさし／井上ユリ編

むずかしいことをやさしく……幅広い著作活動を続け、多岐にわたるエッセイを残した「言葉の魔術師」井上ひさしの作品を精選して贈る。（佐藤優）

ひと・ヒト・人　井上ひさし／井上ユリ編

道元・漱石・賢治・菊池寛・司馬遼太郎・松本清張・渥美清・母……敬し、愛した人々とその作品を描きつくしたベスト・エッセイ集。（野田秀樹）

開高健ベスト・エッセイ　開高健／小玉武編

文学から食、ヴェトナム戦争まで——おそるべき博覧強記と行動力。「生きて、書いて、ぶつかった」開高健の広大な世界を凝縮したエッセイを精選。

吉行淳之介ベスト・エッセイ　吉行淳之介／荻原魚雷編

創作の秘密から、ダンディズムの条件まで。「文学」「男と女」「紳士」「人物」のテーマごとに厳選した、吉行淳之介の入門書にして決定版。（大竹聡）

色川武大・阿佐田哲也ベスト・エッセイ　色川武大／阿佐田哲也／大庭萱朗編

二つの名前を持つ作家のベスト。文学論、落語からタモリまでの芸能論、ジャズ、作家たちとの交流も。阿佐田哲也名の博打論も収録。（木村紅美）

殿山泰司ベスト・エッセイ　殿山泰司／大庭萱朗編

独自の文体と反骨精神で読者を魅了する性格俳優、故・殿山泰司の自伝エッセイ、撮影日記、ジャズ、政治評。未収録エッセイも多数！（戌井昭人）

田中小実昌ベスト・エッセイ　田中小実昌／大庭萱朗編

東大哲学科を中退し、バーテン、香具師などを転々とし、飄々とした作風とミステリー翻訳で知られるコミさんの厳選されたエッセイ集。（片岡義男）

森毅ベスト・エッセイ　森毅／池内紀編

まちがったって、完璧じゃなくたって、人生は楽しい。稀代の数学者が放った教育・社会・歴史他様々なジャンルに亘るエッセイを厳選収録！

山口瞳ベスト・エッセイ　山口瞳／小玉武編

サラリーマン処世術から飲食、幸福と死まで。——幅広い話題の中に普遍的な人間観察眼が光る山口瞳の豊饒なエッセイ世界を一冊に凝縮した決定版。

同日同刻　山田風太郎

太平洋戦争中、人々は何を考えどう行動していたのか。敵味方の指導者、軍人、兵士、民衆の姿を膨大な資料を基に再現。（高井有一）

兄のトランク 宮沢清六
兄・宮沢賢治の生と死をそのかたわらでみつめ、兄の死後も烈しい空襲や散佚から遺稿類を守りぬいてきた実弟が綴る、初のエッセイ集。

春夏秋冬　料理王国 北大路魯山人
一流の書家、画家、陶芸家にして、希代の美食家でもあった魯山人が、生涯にわたり追い求めて会得した料理と食の奥義を語り尽す。（山田和）

日本ぶらりぶらり 山下清
坊主頭に半ズボン、リュックを背負い日本各地の旅に出た〝裸の大将〟が見聞きするものは不思議なことばかり。スケッチ多数。（壽岳章子）

のんのんばあとオレ 水木しげる
「のんのんばあ」といっしょにお化けや妖怪の住む世界をさまよっていたあの頃――漫画家・水木しげるの、とてもおかしな少年記。（井村君江）

ねぼけ人生〈新装版〉 水木しげる
戦争で片腕を喪失、紙芝居・貸本漫画の時代と、波瀾万丈の人生を、楽天的に生きぬいてきた水木しげるの、面白くも哀しい半生記。（呉智英）

老いの生きかた 鶴見俊輔編
限られた時間の中で、いかに充実した人生を過ごすかを探る十八篇の名文。来るべき日にむけて考えるヒントになるエッセイ集。

老人力 赤瀬川原平
20世紀末、日本中を脱力させた名著『老人力』と『老人力②』が、あわせて文庫に！　ぼけ、ヨイヨイ、もうろくに潜むパワーがここに結集する。

東京骨灰紀行 小沢信男
両国、谷中、千住……アスファルトの下、累々と埋もれる無数の骨灰をめぐり、忘れられた江戸・東京の記憶を掘り起こす鎮魂行。（黒川創）

向田邦子との二十年 久世光彦
あの人は、あり過ぎるくらいあった始末におえない胸の中のものを誰にだって、一言も口にしない人だった。時を共有した二人の世界。（新井信）

東海林さだおアンソロジー
人間は哀れである 東海林さだお　平松洋子編
世の中にはびこるズルの壁、はっきりしない往生際……抱腹絶倒のあとに東海林流のペーソスが心に沁みてくる。平松洋子が選ぶ23の傑作エッセイ。

茨木のり子集 言の葉（全3冊）　茨木のり子
しなやかに凜と生きた詩人の歩みの跡を、詩とエッセイで編んだ自選作品集。単行本未収録の作品なども収め、魅力の全貌をコンパクトに纏める。

一本の茎の上に　茨木のり子
「人間の顔は一本の茎の上に咲き出た一瞬の花である」表題作をはじめ、敬愛する山之口貘等について綴った香気漂うエッセイ集。（金裕鴻）

詩ってなんだろう　谷川俊太郎
谷川さんはどう考えているのだろう。その道筋にそって詩を集め、選び、配列し、詩とは何かを考えるおおもとを示しました。（華恵）

山頭火句集　種田山頭火／村上護編／小崎侃・画
自選句集「草木塔」を中心に、その境涯を象徴する随筆も精選収録し、〝行乞流転〟の俳人の全容を伝える一巻選集！（村上護）

尾崎放哉全句集　村上護編
「咳をしても一人」などの感銘深い句で名高い自由律の俳人・放哉。放浪の旅の果て、小豆島で破滅型の人生を終えるまでの全句業。（村上護）

放哉と山頭火　渡辺利夫
エリートの道を転げ落ち、引きずる死の影を詩いあげる放哉。各地を歩いて生きて在ることの孤独と寂寥を詩う山頭火。アジア研究の碩学による省察の旅。

笑う子規　正岡子規＋天野祐吉＋南伸坊
「弘法は何と書きしぞ筆始」「猫老て鼠もとらず置火燵」。天野さんのユニークなコメント、南さんの豪快な絵を添えて贈る愉快な子規句集。（関川夏央）

絶滅寸前季語辞典　夏井いつき
「従兄煮」「蚊帳」「夜這星」「竈猫」……季節感が失われ、風習が廃れて消えていく季語たちに、新しい命を吹き込む読み物辞典。（茨木和生）

絶滅危急季語辞典　夏井いつき
「ぎぎ・ぐぐ」「われから」「子持花椰菜」「大根祝う」……消えゆく季語に新たな命を吹き込む読み物辞典。超絶季語続出の第二弾。（古谷徹）

詩歌の待ち伏せ　北村薫
〝本の達人〟による折々に出会った詩歌との出会いが生んだ名エッセイ。これまでに刊行されていた3冊を合本した〈決定版〉。（佐藤夕子）

すべてきみに宛てた手紙　長田弘

この世界を生きる唯一の「きみ」へ――人生のためのヒントが見つかる、39通のあたたかなメッセージ。傑作エッセイが待望の文庫化！（谷川俊太郎）

言葉なんかおぼえるんじゃなかった　田村隆一・語り　長薗安浩・文

戦後詩を切り拓き、常に詩の最前線で活躍し続けた伝説の詩人・田村隆一が若者に向けて送る珠玉のメッセージ。代表的な詩25篇も収録。（穂村弘）

夜露死苦現代詩　都築響一

寝たきり老人の独語、死刑囚の俳句、エロサイトのコピー……誰も文学と思わないのに、一番僕たちをドキドキさせる言葉をめぐる旅。増補版。

えーえんとくちから　笹井宏之

風のように光のようにやさしく強く二十六年の生涯を駆け抜けた夭折の歌人・笹井宏之。そのベスト歌集が没後10年を機に待望の文庫化！（穂村弘）

先端で、さすわ さされるわ そらええわ　川上未映子

すべてはここから始まった――。デビュー作にして圧倒的文圧を誇る表題作を含む珠玉の七編。第14回中原中也賞を受賞した第一詩集がついに文庫化！

水　瓶　川上未映子

鎖骨の窪みの水瓶を捨てにいく少女を描いた長編詩「水瓶」を始め、より豊潤に尖鋭に広がる詩的宇宙。第43回高見順賞に輝く第二詩集、ついに文庫化！

春原さんのリコーダー　東直子

シンプルな言葉ながら一筋縄ではいかない独特な世界観の東直子デビュー歌集。刊行時の栞文や、花山周子による評論、川上弘美との対談も収録。

青　卵　東直子

現代歌人の新しい潮流となった東直子の第二歌集。花山周子の評論、穂村弘との特別対談により独自の感覚に充ちた作品の謎に迫る。

回転ドアは、順番に　穂村弘　東直子

ある春の日に出会い、そして別れるまで。気鋭の歌人ふたりが、見つめ合い呼吸をはかりつつ投げ合う、スリリングな恋愛問答歌。（金原瑞人）

適切な世界の適切ならざる私　文月悠光

中原中也賞、丸山豊記念現代詩賞を最年少の18歳で受賞し、21世紀の現代詩をリードする文月悠光の記念碑的第一詩集が待望の文庫化！（町屋良平）

ちくま文庫

わたしの脇役人生《わきやくじんせい》

二〇一三年八月十日　第一刷発行
二〇二三年七月五日　第二刷発行

著　者　沢村貞子（さわむら・さだこ）
発行者　喜入冬子
発行所　株式会社　筑摩書房
東京都台東区蔵前二—五—三　〒一一一—八七五五
電話番号　〇三—五六八七—二六〇一（代表）
装幀者　安野光雅
印刷所　星野精版印刷株式会社
製本所　株式会社積信堂

ISBN978-4-480-43080-9 C0195